襲来

聖拳伝説2

今野　敏

朝日文庫

本書は一九八六年八月、徳間書店より『聖拳伝説』（トクマ・ノベルズ）として刊行され、二〇一〇年六月、小社より文庫化された『聖拳伝説2――叛徒襲来』を改題した新装版です。

襲来

聖拳伝説2

〈シリーズ前作までの　あらすじ〉

私立探偵の松永丈太郎は、奇妙な身辺調査の仕事を受ける。依頼者は政界に大きな影響力を持つ一族の長である服部宗十郎。対象は大学生の片瀬直人。調査を進めるうち、松永は片瀬が古代インドを源流とする超武術を操る服部一族の末裔であることを知る。古来、その武術で日本の皇室を守っていた服部一族は、ある時内部分裂を起こす。そして傍系の宗十郎の祖先が実権を握るが、その権力の象徴「葛野連（かどののむらじ）の宝剣」は本家である片瀬の祖先「荒服部（あらはっとり）」に残されたままだったのだ。

一方、服部一族の権勢を疎ましく思っていた現総理は、内閣調査室長の下条泰彦に命じ、その力を削ごうとしていた。

宗十郎たちは宝剣を奪うべく、孫娘の静香を片瀬に接近させるが、彼女は片瀬に好意をもち、服部一族の支配を脱する。二人の純粋な愛を目にした松永もまた、彼らを助ける側に回る。静香の離反を知った宗十郎たちは、彼女を笠置山中の屋敷へと連れ去ってしまう。片瀬たちは服部の屋敷へと向かうが、同時に内閣調査室の秘密部隊が服部を抹殺すべく急襲する。混乱の中、片瀬は「荒服部」の拳法を駆使して服部一族を打ち倒し、その野望を挫いたのだった。

1

インドのリシケーシュから山岳地帯に入っていくと、さすがにヒンズーの修行者の姿もまばらになってくる。

バクワン・タゴールのアーシュラムはその山のなかにあった。アーシュラムとは、本来、ヒンズー教徒の修行道場を指す言葉だ。

しかし、バクワン・タゴールは厳密に言うとヒンズー教の師(グル)ではなかった。

彼が信仰しているのは、尊い先祖の血脈だった。

かつて北インドの一地方だけに栄えたその部族は、サンスクリット語で『供養(くよう)を受けるに値する者』――「アルハット」と呼ばれた。

アルハット一族の伝説は、後に、仏教修行者に伝えられ、その最高位の名として残された。

原始仏教、小乗仏教における修行者の最高位であるアルハット――つまり阿羅漢(あらかん)はもとは実在した一部族の名であったことを知る者は少ない。

バクワン・タゴールは、そのアルハット一族の血脈を現在に伝える数少ない末裔だった。

釈迦は少年時代にインド七大仙人のひとり、ヴィシュヴァーミトラにヨガと武術を習ったと言われているが、ヴィシュヴァーミトラが身につけていた強力無比のインド拳法こそ、アルハット一族の拳法だったのだ。

バクワン・タゴールは、その拳法を守り伝える達人だった。彼のアーシュラムに、ふたりの日本人が寝起きしていた。

端整な顔を持つ小柄な青年、片瀬直人と、清楚な美貌の女性、水島静香のふたりだった。

片瀬直人は、日のあるうちは、バクワン・タゴールに拳法を学び、日が暮れると、天然の洞窟であるアーシュラムの前にたかれる火を見ながら、バクワン・タゴールと話を交した。

時には、拳法の練習に、水島静香が加わることもあった。

バクワン・タゴールのもとには男性三名、女性二名の若い修行者がいたが、こと拳法に関しては、全員でかかっても、片瀬直人にはかなわなかった。

片瀬の体にも特別な血が流れているのだった。

片瀬直人はすでにバクワン・タゴールと互角の力を持つに至っていた。

水島静香は、いつもおだやかな眼差し(まなざし)で、彼らの稽古(けいこ)を眺めていた。いつのころからか、その表情にわずかばかりのかげりが差すようになっていた。

「日本へ帰ろう」

ある夜、月を見ていた水島静香に、そっと近づいた片瀬直人が、突然言った。

「えっ……」

「帰りたいのだろう」

「ううん。そんなことないわ」

「僕に気をつかうことはない。君を見ていればわかる」

水島静香はうつむいた。

「帰ろう。日本へ」

片瀬直人はもう一度言った。

ふたりが帰国を決めたことを、片瀬直人は翌日、バクワン・タゴール師に話した。

師はおだやかにうなずいて、片瀬を見つめた。

「私と同じ血を持ち、同じ先祖を尊ぶ日本の青年よ。私を訪ね、ともに修行してくれたことを心から感謝する。日本に帰っても、血脈を守り続けてほしい」

「これまでのご指導や、多くの教えについては、お礼の言葉もありません」

バクワン・タゴールは、ふと遠くを見るようにして、何ごとか考えていた。

やがて彼は、片瀬を見すえ、言った。

「あなたは、野望のとりことなった同族の一派を討ち、血脈の純粋さと秩序を取りもどした。だが、日本という国の支配のありかたはたいへん複雑だ。残念なことだが、あなたが日本に帰って安泰な生活を送れるとは思えない」

「まだ、この僕に戦いを挑んで来る者がいるとおっしゃるのですか」

「日本の支配者の歴史は、先住民族と侵入者たちの戦いの歴史だった。そして、外から来た支配者に屈しなかった多くの先住民——それが後の世を作るひきがねになっていった。アルハットの血脈はそういった民衆のなかにひそんで卓越(たくえつ)した能力を発揮する民族を育て上げた」

「例えばシノビや乱破(らっぱ)衆のように」

「そう。ニンジャはその代表だ。だが、そうした血脈はアルハットだけではない。このインドの地から、同じ時代に日本に渡った別の部族がいた。彼らは、ペルシアの影響を受け、ゾロアスター教を信奉していた……。彼らの血筋もまた、民衆のなかにあって、特別な信仰や役割、卓越した力を生み出した」

「ゾロアスター……」

「あなたは、服部宗十郎（はっとりそうじゅうろう）という野望のとりこを倒すことで、アルハットの血脈を守った。しかし、そのことは、新たな戦いを呼ぶことになるのではないかと、私は心配している」

「昔、祖父から同じような話を聞いたことがあります。きわめて特殊な能力を身につけた一族だということでした」

「あなたの一族に、その話が伝えられているのは当然だろう。彼らの血脈が続いているとしたら、アルハットの末裔は必ず戦いを挑まれることになる。気をつけるがいい」

「はい……」

翌日、片瀬直人と水島静香は、バクワン・タゴールのアーシュラムをあとにした。

片瀬は振り返り、年老いた師（グル）と、赤い土、白い岩の山地に別れを告げた。

2

世田谷区祖師谷（そしがや）は、典型的な私鉄沿線の、のどかな住宅街だ。

主婦たちは、門の前で談笑し、幼い子供たちが、せいいっぱいの声を上げながら駆けていく。そのかん高い声も、すぐさまゆったりとした甘い陽光のなかに溶け込んでしまう。

時折、路地の間を抜けていく自動車のエンジンも、いかにもけだるそうに聞こえてくるような町のたたずまいだった。

七月二十日、日曜日、午後三時十五分。

快晴の暑い日だった。

自宅のささやかな庭で、自家用車を洗っていた中年男性と、近所の主婦が、互いに愛想笑いを浮かべて会釈し合った。

「お暑うございます」

「まったくです」

そんなやりとりがあった直後、静かな町並に、どん、という鈍い音が響いた。

かすかではあったが、腹の底に響く、どこか不吉な音だった。

「何でしょう、今の音……」

主婦が、尋ねた。ことさらに不安げな様子はなかった。

「さあ、何でしょうね」

男も、愛想笑いを残したまま言った。彼は、あたりを見回すしぐさをした。しかし、それは、単に形式的なものに過ぎなかった。

ふたりは、それ以上、その音のことを取り沙汰(ざた)しようとしなかった。

二言三言、日常的な会話を交し、すぐに主婦は、再び会釈して去って行った。

中年の男は、愛車のボディーを、水の出るブラシでこすり始める。彼は、白い塗装のうえにこびりついた水垢（みずあか）が気になってしかたがなかった。

さらに、丹念に水洗いを続けていた彼は、妻が縁側に立って、自分を呼んでいるのに気づいて手を止めた。

「何だ？」

「電話が切れちゃったんですよ、話している途中で……」

「故障かな」

「らしいわ」

「電話局に、電話してみるといい」

「だから、電話が切れちゃったと言ってるじゃないですか……」

男は、けげんそうに妻の顔を見ていたが、やがて、妻の言おうとしていることを理解した。

単に通話が途中で切れたということではなく、電話そのものが不通になったのだった。

「発信音も鳴らないのか？」

「うんともすんとも……」

男は、水道のコックを閉めると、自分自身で確かめてみようと、縁側に上がった。

小田急線祖師ヶ谷大蔵（おおくら）駅から、北に向かって歩くと、都営祖師谷団地が見えてくる。

そのすぐ手前の左手に祖師谷電話局があった。

くぐもった爆発音は、電話局の裏手から聞こえてきた。

回線管理の職員たちは、次の瞬間にいっせいに眉をひそめた。

すべての回線が瞬時に切れてしまったのだ。

計器を見つめていた係員は、しばらく茫然としていた。

電電公社時代の作業分担は極度に細分化され、マニュアル化が徹底されていた。

計器のチェックをする係員が、事故原因を直接見定めるために、外に出向くなどということは、決してなかったわけだ。

民営化でいくらかこの傾向は緩和されたとはいえ、かつての習慣はかなり強固に受け継がれている。

だが、かつて経験したことのない異常事態に出会って、その習慣は捨て去られた。

回線管理の係員のひとりが、無言で立ち上がり、計器のまえから離れたのだった。

彼は、部屋の外に駆け出して行った。

それを合図に、全員が、部屋を飛び出して行った。

日曜日に勤務している人間は、そう多くはなかった。

そのほぼ全員が局舎の裏手へ駆け出した。彼らは、すでに何が起こったのかを悟っていた。

あたりには、薄く煙がたなびいていた。

「えらいこったぞ」

誰（だれ）かがささやくように言った。

煙は、洞道（トンネル）換気口から立ち上っていた。花火を楽しんだあとのような火薬のにおいと、塩化ビニールの焼けるにおいがたちこめていた。

煙を見つめる全員の胸に、三軒茶屋の世田谷電話局ケーブル火災がよみがえっていた。

施設係の作業員が、消火器を持って駆けつけた。

若い職員のひとりが、バイクに飛び乗り、最寄りの消防署へ急いだ。

緊急回線も、爆発で不通となっていた。

ややあって、消防自動車のサイレンが聞こえてくる。

洞道火災は、じきに鎮火するだろう。

だが、問題は——戦いはそれから始まるのだ。火災現場を見つめる祖師谷電話局局員の全員がそう思っていた。

ほぼ同時刻、まったく同様の爆発が、練馬区の東映東京撮影所そばにある大泉電話局、そして、江戸川区西小岩にある小岩電話局で起こった。

いずれも爆発は小規模なもので、洞道内を破壊するにとどまった。

しかし、三つの電話局で起こった爆発は、その瞬間に約三十万の一般加入電話回線および七千の専用回線を食いちぎっていた。

桜田門の警視庁交通管制センターには、都内各所五千六百八十七の信号機を制御するコンピューターがある。

交通渋滞のはげしい東京では、このコンピューターによる交通制御が渋滞緩和の決め手になっている。

通常、管制センターでは、交通量を計測し、随時その状況に応じて、ほうぼうの信号機に指令を発し、青信号の出る秒数を変えていくシステムになっているのだ。

三カ所の電話局で、爆発が起こった午後三時十五分、突然二台の中央制御コンピューターが、「回線ダウン」の障害表示をタイプアウトしはじめた。

世田谷署管内の信号機を始め、被害のあった電話局を取り巻く一帯の信号機が、連絡を断ったのだ。

その数はおよそ二百にのぼった。

二百の信号機が、制御をはなれ、勝手に作動し始めたことを意味していた。

その日は、日曜日だったため、都内の自動車交通量は少なく、ほとんど混乱らしい混乱は見られなかった。問題は翌日だった。

交通管制センターでは、テレビ、ラジオのニュースを利用して、月曜日以降しばらくはマイカーの都心部への乗り入れをひかえるよう呼びかけることを決めた。

片瀬直人は、千葉県市川市のアパートで、珍しくテレビを眺めていた。

日本に帰国したばかりで、見るもの聞くものがおもしろかったのだ。

本来、彼は、漫然とテレビを見る時間があれば、読書をするタイプの青年だった。

午後のバラエティー・ショーの途中、臨時ニュースがテロップで流れた。

祖師谷、大泉、小岩の電話局洞道爆発の第一報だった。

片瀬は、特に関心を示さなかった。

過激派がこのところ、さまざまに戦術を変えて、世間を騒がせている。

世田谷電話局の洞道火災で、あっけないほどの都市情報網のもろさを一般に知られていることでもあるし、過激派が電話局をターゲットにしたとしても不思議はない、と彼は思った。

片瀬直人は、無駄なことと知りつつ、成城に住む水島静香に電話をかけてみた。

「話し中」のコールが返ってくるだけだった。

彼は、電話を切り、再びテレビのブラウン管に眼をやった。

おだやかな一日だった。

彼は、あまりの平穏さに、ふと居心地の悪さを感じた。

彼は戦いのなかでしか生きられない血を持っていた。

その宿命に縛られて生きてきたのだ。心から安らぐことができなくなってしまったのも、無理はなかった。

彼は、ベッドに身を投げ出して苦笑した。

「こういう生活もあるんだ」

彼は、声に出してつぶやいてみた。

NTTでは、すでに、世田谷電話局ケーブル火災時に取った緊急措置をマニュアル化していた。

まずは、銀行その他金融機関のオンラインなどが加入している専用回線の確保だった。

三軒茶屋の世田谷電話局ケーブル火災のときには、すぐさま近隣の電話局である弦巻局の予備回線が臨時に利用されることになった。

今回も、三つの電話局は、同様の処置を取った。

さらに、遠回りに回線を結んで何とか通話できるようにした臨時電話と、車内電話のついた営業車を、不通地域に配置する。

その他、緊急通話回線、行政通話回線の確保など、局員は次々とマニュアルをこなしていった。

前回の火災では、復旧まで二カ月かかるといわれたところを、十日間で完了させるという離れ業をやってのけた電話局だった。しかし、それは、ただ一局の火災での話だった。

今回は、都内で三局同時の、しかも、前回に比べ破壊の度合の大きい爆発だった。「復旧まで十日」という記録は破れそうになかった。担当者たちは、少なくとも、復旧には、世田谷ケーブル火災のときの倍の日数が必要だと読んでいた。

電話が不通になった地域の周辺もきわめて電話がかかりにくくなる。これは、世田谷電話局ケーブル火災のときに経験された現象で、今回もまったく同様だった。

三つの電話局の洞道爆発がテレビ、ラジオで報道された夕刻からは、電話のかかりにくい地域はいっそう広がり、ついには、都内全域で、何らかの障害が見られるという状態になった。

輻輳（ふくそう）と呼ばれる現象だった。

ニュースで電話の不通を知った人々が、友人や親族のところはどうか、といっせいにダイヤルを始めた。

全国から東京に電話の「呼（こ）」が殺到した。「呼」というのは、「通話の要求」を差す専門用語だ。

同時に、都内でも通話量が急激に増加していた。「呼」の急増が回線をふさぎ、交換機を渋滞させる。

被害地の周辺では、いくらダイヤルしても「話し中」の状態となった。比較的、電話がかかりやすいところでも、三回に一回は「話し中」の信号音を発するようになっていた。

KDD——国際電信電話株式会社は、世界各国に向けて「回線不通」を知らせるテレックスを打ち始めた。

世田谷、練馬、江戸川の三区にある約八百五十基のテレックスが沈黙してしまったのだ。

テレックスによって海外から送られてくる情報は、小規模の商社や投機の仲買人などにとっては文字どおりの命脈と言っていい。

KDDでは、テレックスが麻痺(まひ)した事業所や商社に社員を派遣、重要な海外の連絡先を聞き取らせた。そして、そのすべての相手に「日本へのテレックスをKDD渋谷局で代行して受け取る」というメッセージを打った。

情報が勝負というのは、商社に限らない。

近年、急増している各種サービス業も、情報のやり取りが何よりも重要なのだ。

この「回線不通」が、各種サービス業の企業に与えた損害ははかり知れなかった。電話回線復旧への対策に追われるNTT同様に、いくつかの機構があわただしく動き始めていた。

警視庁は、三カ所の爆発がほぼ同時に起こったことから、通信の混乱を狙った重大なゲリラ事件と見て捜査を開始した。

また、都内の各電話局に、警戒を呼びかけるとともに、所轄の警官をひんぱんに巡回させることにした。

さらに、報道諸機関に広く情報の提供を求めた。爆破が、過激派組織の犯行によるものである場合、報道機関に声明文がとどくのが常だ。その他、どんな小さな手がかりでもいいからつかみたかった。

すでに社会的に少なからぬ混乱が生じている。警察当局としては、何としても、これ以上の犯行を許すわけにはいかなかった。

公安調査庁は、左右両過激派組織の監視に全力を傾け始めていた。各組織内にたくみに潜入している公安調査庁のスパイたちは、密かに指令を受け、可能な限りの情報を集め始めていた。

同様に、警視庁の公安部も活発に動き始めていた。

新左翼系組織を担当する公安二課、右翼を受けもつ公安三課は、フル稼動を開始していた。

また、決して表舞台には出ようとしないが、公安部外事課もにわかに色めき立っていた。外事一課はソ連、東欧、二課が中国、北朝鮮を主として担当している。

警視庁の警備部は、第一機動隊にまず指令を下した。第一機動隊は、警視庁本部の警備と、第九機動隊までの残り八隊、および特科車両隊のすべての統轄を任務としている。

ほどなく、すべての機動隊に待機命令が出された。

警察庁は、全国各地から機動隊員を召集し、「キナ臭い」地点に配備した。

空港および、国鉄の主要駅だった。

自衛隊陸幕第二部別室では、爆発の前後、おのおの七十二時間にわたる、無線傍受の記録を洗い直していた。

北海道の東千歳通信所、そしてその傘下にある稚内分遣隊、根室分遣隊、東根室通信所、新潟県の小舟渡通信所、東京の市ヶ谷通信所、埼玉県の大井通信所、島根県の美保通信所、薩南諸島の喜界島通信所——以上の陸幕第二部別室の傍受部隊は、あらゆる周波数帯、あらゆる電波形式の分析を急いだ。

それぞれの機関は、せいいっぱいに回転し始めた。

しかし、方向性が定まっておらず、足並がそろわなかった。

唯一連携してことに当たったのは、警察庁と警視庁だった。

しかし、警察機構は、担当しなければならない問題の範囲があまりに広すぎた。

爆発の原因究明、交通トラブルの緩和、過激派の監視に、重要施設の警備強化など、どれをとっても難問と言ってよかった。

加えて、都内の電話の大半が通じないという状態は、警察機構にとっても大きなダメージを与えていた。

無線で何とかカバーしようとしていたが、普段電話でやり取りされている情報量にはとうていおよばなかった。

警察機構内にも、しだいに、あせりの色が見え始めた。組織の能力の限界近くをはき出し続けているのだから、それも無理のないことだった。

公安調査庁もいら立っていた。

警視庁公安部との出し抜き合戦が、ここに来て裏目に出始めたのだった。

足並をそろえるどころか、両者はここでも強い縄張り意識をむき出しにし始めたのだ。

各所で、スパイの取り合いや、情報の奪い合いが始まっていた。

「現場」からの苦情が庁内にあふれた。

それは、警視庁公安部内でも同様だった。

自衛隊は、ひたすら沈黙している。

「象の檻（おり）」と呼ばれる、高性能傍受施設で得たデータを、決して公開しようとしないのだった。

公安・警備関係各省庁にとって、この沈黙は不気味とすら言えた。

それは、自衛隊が最後の切り札を握っているからだった。――「治安出動」だ。

自衛隊の「治安出動」が実行に移されたら、文民優位の大原則さえもあやうくなってしまう。公安・警備担当者は一様にそう考えていた。

彼らは、その事態のおそろしさをよく心得ていた。

3

夜半（やはん）になって、東京都民は、電話不通に加え、さらに不気味な不安に襲われることになった。

飼い犬や飼い猫が、いっせいに落ち着きをなくし始めたのだ。

異常に気をたかぶらせた飼い猫に、ひっかかれたり、咬（か）みつかれたりする若い女性が続出した。

屋内で飼われている、いわゆる「座敷犬」は、部屋中を駆け回り、屋外へ出ようとした。

飼い主たちは、自分の愛犬や、猫だけの異常だと思っていた。

しかし、ほうぼうで犬の遠吠えが聞こえ始め、路地のあちこちからのら猫が狂ったように駆け出す様を見て、ようやく何かが起こりつつあることを知った。

何が起ころうとしているのかはわからない。

飼い主たちは、ただ気味悪げに、ふだんは、家族の一員としてつき合っている犬や猫のいら立ちを眺めていた。

いまや、犬や猫は、人間の家族であることをやめていた。人間の理解の外にある声を聞いておびえているように見えた。

郊外の農家では、大騒ぎだった。

ふだんおとなしい乳牛たちが、口からあわを飛ばして狂ったように暴れ始めたのだった。

大きな農場では、牛たちが牛舎をこわしてしまわないように、夜通し、人がついてなだめていなければならない始末だった。

異常な現象は、夜が明けても続いていた。

東京湾に面する晴海埠頭では、早朝、作業にやってきた港湾労働者たちが、道路を埋めつくすように移動するネズミの大群を見て肝をつぶしていた。

幾多の倉庫に巣食っていたネズミたちが、いっせいに姿を現したのだった。

公園の池などでは、鯉が死んだわけでもないのに、横ざまに浮き上がっては、また沈んでいくという奇妙な行動を取っているのが目撃された。

片瀬直人の住む市川市は、千葉県でも最も東京寄りの市だ。

片瀬も、近所の犬や猫の異常に気づいた。

夜半から夜が明けるまで、犬は吠え、あるいは遠吠えを続けた。

アパートの窓から外を眺めると、何匹もの猫が屋根づたいに駆け回っているのが見えた。

夜が明け始めると、うるさいくらいにさえずり始める雀などの小鳥や烏の声が妙にまばらに感じられた。

片瀬は唐突に、三つの電話局の洞道爆発を思い出した。

彼は、窓から空を仰ぎ見た。

そして、何が起こりつつあるのかを悟った。

彼は唇を咬み、たるみきっていた自分の勘を心のなかでなじった。

何とかしなくてはいけないと彼は思った。

しかし、ひとりではどうしようもない事態であることも知っていた。

これまで彼は、誰かに助けを求めようとしたことは滅多になかった。

自分の身にかかる火の粉だけを払い、できる限り他人を巻き込まずに生きていこうと、固く誓っていたのだった。

そのために、いざ誰かの手を借りたいという際に戸惑ってしまうのだった。

彼は、長い間思案していた。

やがて、決心したように立ち上がり、外出の準備を始めた。

彼は、服部宗十郎と戦ったときに一時的に手を組む形になった私立探偵の松永丈太郎（まつながじょうたろう）を思い出したのだった。

松永のところには、いずれ帰国の挨拶（あいさつ）に行くつもりだった。

片瀬は、松永以外に相談すべき相手が思い浮かばなかった。


内閣調査室は、電話局の爆発事件発生以来、省庁間の連絡業務に追われていた。

首相が、三十分ごとの最新情報を求めてきたので、さまざまな情報を整理統括する第六部は、不眠不休を強いられていた。

一般に、内閣調査室の第一部は国内の情報収集、第二部は国外を担当、第三部はいわゆる「下請け」の統括、第四部が外国放送の評価・分析、第五部が日本のマスコミの評価・分析、そして第六部がそれらすべての情報の処理を行なうといわれている。

内閣調査官が約三十五名、室員が六十名いる。

調査官は、主として警察庁から、また残りは、外務、通産省および防衛庁から、現役のまま出向している役人だ。

内閣調査室では、公安・警備関連の各省庁が、うまくかみ合っていないことを察知していた。

すでに、その事実は総理大臣に伝わっていた。

七月二十一日、午前八時。

内閣調査室室長の下条泰彦（しもじょうやすひこ）は、首相からの呼び出しを告げる伝令を受けた。

下条は今年で四十歳になる。徹夜の仕事が体にこたえる年齢だった。

しかし、彼は疲れた様子を見せずに立ち上がった。

非常時にこそ、自分の能力は発揮される——彼は、そのことを充分に自覚していた。

その意識が彼を高揚させていたのだ。

下条泰彦は、デスクの前で服をひっぱって乱れを正した。やせ型の体に、グレーの三つ揃（ぞろ）いスーツがよく似合った。

丁寧に刈りそろえられた短めの髪を指で整え、純白のハンカチを取り出して、細い銀のフレームの眼鏡をぬぐった。

彼は総理府の庁舎をあとにして、首相官邸へ向かった。

官邸の廊下では、各報道機関の記者たちが、所在なげに歩き回っていた。

官房長官は、まだ何も発表しようとしていないのだ。

下条は、記者たちを無視してまっすぐに閣議室に向かった。

報道関係者たちは、いっせいに緊張した視線を送ってきた。

「内調室長……」

どこかの記者がつぶやいた。

だが、誰も下条に話しかけようとはしなかった。内閣調査室から記事ネタを聞き出そうとすることがいかに愚かであるか、誰もが心得ているのだ。

下条は閣議室のドアをノックした。

厚いドアは、固い小さな音を伝えただけだった。合板のドアのように、大きな音が響きわたったりはしない。

内側からドアが開けられた。

思わず下条は、一歩あとずさりをした。

ドアから、警察庁ならびに防衛庁の長官、国家公安委員長である自治大臣が姿を現したのだった。

下条は、頭を下げて一同が通り過ぎるのを待った。

「下条君……」

自治大臣が、声をひそめて言った。

「はい」

下条は頭を下げたままこたえた。

「たいへんなことになったが、よろしくたのむよ」

下条は頭を上げた。彼の眼に入ったのは、三人のうしろ姿だけだった。

二人の長官とひとりの大臣に、記者たちが駆け寄ろうとしていた。

それを尻目に、下条は、閣議室に足を踏み入れた。

絨緞の感触、重厚な部屋の空気は下条に、身ぶるいするほどの快感を、ほんの一瞬だがもたらした。

それは、権力の手ざわりだった。

下条は、ますます気分が昂ぶってくるのを感じていた。

「ドアを閉めたまえ」

首相の疲れ切った声が聞こえた。

昨夜から一睡もしていないのは明らかだった。首相は、ぐったりと椅子に体をあずけている。

ふたつ椅子をはさんだ席に、法務大臣の鳴神兵衛がすわっていた。

見事な白髪をオールバックに固めている。

体格は貧弱で、しわが深く刻まれた顔も他人より、いくぶんか小さく見える。

だが、そのしわの奥にある眼は、常に油断なく光っている。

下条は、その眼光を、長年政治の表舞台を生き抜いてきた人間の迫力だと考えていた。

「そのへんに掛けてくれ」

なげやりな調子で首相が言った。

下条は、鳴神法相を見やって直立したままだった。

「遠慮など必要ない」

首相は言った。

「君と私の間にはな。そうだろう、下条君。君は私との約束を見事に果たしてくれた。誰もが不可能だと考えていたことを、君は私のためにやってくれた。あのときから、君は私に遠慮などする必要はなくなったのだよ」

「総理……」

下条は、首相をさえぎろうとした。

首相は下条の意図を察して笑った。

「その鳴神君なら気にすることはない。彼はすべてを知っている。将来は、君と手を組んで私の会派を盛り立ててくれる人間だ」

「すべてを……？」

「そう。君が、服部親子を葬(ほうむ)り去ってくれたことを、だ。あの近代政治のガンを君が見事に摘出したことは、ほとんどの人間は知らん」

「当然です。知られてはいけないのです」

「だが、この鳴神君は別だ。つまり、鳴神君はわれわれの側の人間だというわけだ」

下条は、さりげなく法務大臣の顔をうかがった。

彼は、なぜか割り切れぬものを感じて、末席に当たる椅子に浅く腰を降ろした。

鳴神からまるで別世界で生きる人間のような印象を受けたのだ。もちろん、下条と鳴神があいまみえるのは、これが初めてではない。

しかし、これほどの違和感を抱いたのは初めてのことだった。

理由はわからない。

公の顔を持っている人物が、私人として他人と接するとき、まったく別人の人格を見せることがよくある。

そのせいなのかもしれない、と下条は思った。

一応の結論を下しながらも、下条は、この鳴神という人物に、容易に心を許すことはすまいと心に決めていた。

下条は、きわめて勘の鋭い人間だった。そして、その勘に素直に立ち回ってきたからこそ、今のポストにまで登れたことを充分に自覚していた。

「昨夜は夜を徹して事務次官会議が行なわれた。その会議の結果が七時に私のもとにとどけられた」

首相が言った。

「事務次官会議というのは、各省庁の次官らによって開かれる会議だ。正式な名称は「事務次官等会議」——警察庁長官、法制局次長など、次官と呼ばれないポストの人間も出席するためにこう呼ばれている。

通常は閣議の前日、つまり毎週月曜日と木曜日の昼食時に、首相官邸の地下一階大食堂で開かれる。

実質的にはこの会議が、政府の意思決定機関であり、総理はじめ大臣たちによる閣議は、この会議の決定を追認するだけのものだと言われている。

下条は無言で首相の言葉の続きを待った。

首相は、体をずらしさらに楽な姿勢を取ると、吐息をもらした。脂の浮いた顔を不快げに手でこすり、ようやく話し始める。

「彼らは今回の事件を『まったく理解のできないゲリラ行為』であると決めつけた。つまり、何もわかっておらんし、今のところ打つ手はないということだ」

「犯人からの声明文らしきものがどこにもとどいておりません。自衛隊は、日本上空のあらゆる電波を傍受するシステムを誇っておりますが、事件の前後、それに関係するような通信は行なわれていないと言明しております。現在のところ、警察による捜査が唯一のたのみの綱というところです」

下条は、あくまでもひかえめな態度で言った。

「そんなことはわかっている。聞くところによると、警察当局と公安調査庁、それに自衛隊の調査部門はこの期におよんでも、縄張り意識をむき出しにして反目し合っているというじゃないか」

「そういう報告を受けております」

「君のところでは何かつかんではおらんのかね」

「いいえ、現在、内閣調査室は、各方面から集まってくる情報のまとめに忙殺されている状態です」

「私はね、下条君、君のところには、その程度のことで音を上げてほしくはないんだよ。期待しているんだ。服部宗十郎とその息子たちを、まったく秘密裡に消し去ってしまった、あのときのような働きをね」

「申し訳ございません」

「なに、恐縮することはない。今からだって決して遅くはないんだ。そこで私は、少しばかり君が動きやすいような体制を組もうと考えている。乱れに乱れている各公安・警備関係諸機関の足並を、ぜひとも早急にそろえさせねばならない。そのために、暫定的な組織改変を行なおうと考えている」

下条はうなずいた。

「なるほど、中曽根時代に成立した『国家行政組織法改正』を、最大限利用なさるというわけですね」

『国家行政組織法』の改正は、田中元総理有罪判決で、国会が大揺れしている最中に、強行されたものだ。

これにより、それまでは法律で定めなければならなかった各省庁の部局改編や審議会の設置が、政令のみで行なえるようになった。つまり、内閣が国会の通過を必要とせず、自由に行政組織に手を加えることができるようになったわけだ。

下条は、自治大臣がすれちがいざまにささやいた言葉を思い出していた。

また、そこに、鳴神法務大臣が同席している理由も納得できた。

首相は、今から実行に移そうとしている措置が、万が一、法の枠を超えてしまった場合のことを憂慮しているのだ。その点について法相と厳密に検討しようというのだろう

――下条はそう考えた。

「具体的には、こういうことにしたいと思う」

首相が下条を見すえて言った。「責任者はこの鳴神君だ。その下に、下条君、君がつくことになる。君には、一時的に、警備・公安組織に命令を下せる権限を与えよう。実務のうえで、君がどんな人間を何人使おうと自由だ。私は、服部宗十郎打倒のときに活

躍してくれた君の部下を動かすのがいいと思うがな……。何といったかな、彼の名は……？」

「陣内(じんない)。陣内平吉(へいきち)です」

「若いが、たよりになる男だと聞いている。そういう男をしっかりとつかまえておくのも、これからの君には必要なことなのだよ。この私のためにもな」

「心得ました」

下条は小さく頭を下げた。顔を上げると、彼は首相に尋ねた。「ひとつ質問をしてよろしいでしょうか？」

「何だね」

「今回の特別措置について、法務大臣が責任者として立たれるのはなぜなのでしょうか」

首相は即答せず、下条の顔を眠たげな眼(め)で見つめていた。

下条は、その沈黙の意味や首相の表情を読み取ることはできなかった。

特別措置の扱いを検討するだけなら、何も法務大臣を責任者にすえる必要はない。何か特別な理由がありそうだ——咄嗟(とっさ)にそう感じただけだった。

首相は言った。「法務省の下には、公安調査庁がある。うってつけの人材だと思うがね」

「わかりました」

深く追及することはないと下条は思った。また、そのことが、決して自分の利にならないこともよく心得ていた。

「ひとつ気をつけてもらいたいのは、自衛隊の扱いだ」

首相が言った。「いくら特別措置とはいえ、自衛隊を君の命令系統下におくことはできない。充分な協力体制がとれるように努力してくれたまえ。自衛隊が単独で突っ走ることのないように、私も注意するつもりだがね」

「わかりました」

下条はうなずいた。

鳴神法務大臣が口を開いた。しわがれた声だった。

「具体的なことについては、あらためて打ち合わせることにしよう。組織系統図は、後ほど君のところへ届けさせるよ」

「以上だ」

首相は、いかにも大儀(たいぎ)そうに立ち上がった。

下条はまっすぐに自分の部屋にもどった。

陣内平吉が待ちかまえていた。下条が最も信頼を寄せている調査官だ。

陣内平吉は警察庁から現役のまま内閣調査室に出向してきていた。下条の四歳年下だから、今年で三十六歳になる。大きな鼻と、大きな目が特徴だった。

その大きなよく光る目は、いつも眠たげな半眼に保たれている。そこに緊張の色が宿るのを下条は見たことがなかった。

「急なお呼び出しだったようで……」

陣内は言った。

「ああ……」

下条はデスクに着くと、曖昧に答えた。

「公安・警備の各セクションを統括するための、一時的組織改変……といったところでしょうか」

下条は、陣内の顔をしげしげと見つめた。

陣内はまったく表情を変えなかった。

眼をそらしたのは下条のほうだった。

「気味の悪い男だな。どうしてそんなことがわかったんだ？」

「私が首相なら、当然、そういった手を打ちますからね」

「なるほど……。それで？　何か新しい事実でもわかったのかね」

「公安調査庁と、警視庁公安部から、過激派の動きに関する情報が入ってきたので、まとめておきました」

陣内がファイルを差し出した。

下条はうなずくと、それを受け取り、ぱらぱらとめくった。

「過激派左翼グループが今回の犯人とは考えられないという結論だな」

「はい。過激派と呼ばれる左翼集団は、現在、ざっと十三派に分かれていますが、そのどのグループも、今回の事件に面食らっているのです。内ゲバなどで対立しているグループ同士などでは、互いに、その相手の犯行ではないかと、密かにさぐりを入れ合っているような状況です」

「今後の、彼らの動きが心配だな」

「詳しくは、その報告書に書かれておりますが、おおざっぱに言って、二派に分かれているようです。電話不通のこの事件をチャンスと見て、便乗して騒ぎを拡大させようとする勢力。そして、もうひとつは、付和雷同をいましめて、ひたすら静観を保とうとする勢力です」

「どう思うね……？」

「われわれにとっては、波状攻撃となるでしょうね」

「なるほど……」

「まず便乗組が騒ぎ出したとします。首都圏の混乱はますます大きくなります。そうなれば、静観していた連中も黙ってはいられなくなるはずです。そこで、彼らも『闘争』に参画することになります。彼らは、第二波の攻撃ということになるでしょう」

「やっかいだな……。警察庁と、過激派のトップの間ではそのへんの話し合いはついているのではなかったのかね」

「微妙なところですね。互いに腹をさぐり合っているのが常ですから……。警察当局に、混乱が生じて、彼らを制圧する能力がなくなったと見れば、当然牙をむいてくるでしょうね」

「わかった。ところで、刑事部の捜査のほうはどうなっているのかね」

「行き詰まりですね。現場からは、どこでも手に入る目覚まし時計の破片が発見されただけです。ひどく単純な時限爆弾だったようです」

「火薬の種類は?」

「カンシャク玉ですよ」

「カンシャク玉?」

「ええ。その大規模なものです。鶏冠石など硫化砒素の成分をもつ鉱物の粉と、塩素酸カリを混ぜ合わせたもので、きわめて鋭敏ですが、破壊力はそれほど大きくありません」

「黒色火薬ではないのか……」

「そのへんが珍しいところで、何かの手がかりになるかもしれませんね。鶏冠石と塩素酸カリの、いわゆる赤い粉と白い粉の爆薬は、マタギの世界でドグスリと呼ばれて、広く知られているものだそうです」

「マタギ……」

「東北の奥羽山脈に住む、誇り高い狩猟民ですよ。もっとも、かつては日本全国の山岳地帯で生計を立てていたらしいのですがね」

下条は、無言で眉根を寄せた。

「さらに言うなら、このドグスリというやつは、忍者が使う目くらましの爆薬と同じ成分だということです」

「忍者だって……？　君は何を言おうとしているんだね？」

「別に何も……知り得た事実を申し上げているだけです」

下条は、何ごとか思案し始めていた。

得体の知れない不吉なものが、彼の胸を過っていったのだ。

ノックの音がして、下条の思索は中断させられた。

「入りたまえ」

室員がファイルを持って現れた。

「ただいまこれがとどきました」

下条は、受け取ってファイルを開いた。

内閣官房が発布した政令だった。午前九時をもって、すべての行政組織が緊急措置体制に入ることが記されている。

別紙には、臨時の命令系統が図解されていた。

首相から二本の線が伸びている。

その片方をたどると、まず鳴神法相がおり、その下に下条内閣調査室室長の名があった。下条の下の線は二本に分かれており、それぞれ、警察庁、公安調査庁へと伸びている。

首相から伸びるもう一本の線の先には、ただひとつ防衛庁の名が記されているだけだった。

室員が退出すると、下条は無言でその文書を陣内に手渡した。

4

「さっぱり要領を得ないな……」

私立探偵の松永丈太郎は、新聞を見つめてつぶやいた。

新聞各紙は、黒地紋に白抜きの大きな見出しで、三つの電話局の同時爆発を報じていた。一面十五段ぶち抜きの大きな記事だったが、爆発の原因については触れられていない。

三カ所の電話局で、偶然に事故が発生するはずもなく、何者かによる破壊活動であることは、誰にでもわかる。

にもかかわらず、新聞はその点に触れようとはしていなかった。

こういう犯行があった場合、スポーツ紙や、夕刊紙のほうが思い切った記事を書くことは、今や常識と言っていい。

松永は、仕事柄、三種類のスポーツ新聞を取っているが、今回ばかりは、どの新聞を読んでも同じことだった。

松永は、溜息をついて新聞を放り出し、カップの底に残っていたコーヒーを飲み干した。

朝起きて、まずコーヒーを入れるのが、彼の習慣だった。

彼の、いわゆる天然パーマといわれるくせ毛は、いつも短めに刈られていた。

そげ落ちた頬と細い顎は、冷徹な性格を物語っている。

大きな白眼がちの目とうすい唇は、いかにも残忍なイメージを与える。

社会に出たばかりのころは、もっと柔和な顔つきをしていた。

当時、彼は大新聞社の社会部に勤める記者だった。何か情報を得ようとするとき、テレビやラジオではなく、まっさきに新聞に飛びつくのは、そのころからの習慣だった。

新聞を読めば、記者たちがどの程度の事実を握って、それをどこまで記事にしているのかということまでわかってしまう。

本人がそういうことを覚えようと努力したわけではない。犬のように、刑事の周囲を嗅ぎ回り、いくつもの原稿を書き、そしてまたそのうちの多くをデスクに握りつぶされた経験が、自然とそういう眼を養う結果となったのだ。

彼は、若くて好奇心に満ち、常に行動する敏腕記者の卵だった。

今の彼は、文字通りの一匹狼だった。

事務所すらなく、自宅の電話で仕事の依頼を受けるのだ。呼び出しがあればどこへでも出かけて行かなければならない。

興信所が引き受けないようなやっかいな話が持ち込まれることが多い。つまり、法律だけでは片がつかない問題とか、司法機関が間に入ってきてはこまるような問題などだ。

ノミ屋の集金に関わるごたごた、三流歌手の契約にからんだいざこざ、興行のもめごとなどがよく持ち込まれる。

最近は、スクープを狙うグラビア週刊誌のカメラマンと、プロダクションのバックに付いている物騒な連中とのもめごとに巻き込まれるケースが増えてきた。

一発の大勝負を狙うカメラマンは、フリーランスが大部分で、いざ問題が起きると、週刊誌の版元は、知らぬ存ぜぬを決め込んでしまう。

カメラマンもそれを承知のうえで、スクープを狙うのだ。

私立探偵という看板をかかげているからには、家族の素行調査のような地味な仕事も引きうける。しかし、その類の仕事は、半分以下で、あとは喧嘩屋と言ってもいいほどきな臭い仕事だ。

腕に覚えがなければやっていけない商売なのだ。

松永はそのために鍛えることを怠らなかった。

学生時代は空手部に所属していたし、今も暇を見つけては、渋谷にある小さな道場へ顔を出して汗を流していた。

おかげで三十歳をとっくに過ぎた今も、全身が見事にひきしまっている。

着やせする体格が、格闘技家としての理想だと言われる。瞬発力を鍛えていくと、筋肉は、ボディービルダーのように外側に向けてふくらんではいかない。くっきりと分割され、骨格にぴったりと貼りついたような形になっていくのだ。

松永の体格は、その典型と言ってもよかった。

小さなティーテーブルの上のデジタル式目覚まし時計は、十時十三分を表示している。

松永は電話に手を伸ばした。

発信音は鳴っている。

松永の住むマンションは、目黒区の碑文谷二丁目にあった。目黒電話局管内にあり、不通はまぬがれていた。

しかし、世田谷の不通地域に比較的近いため、きわめて電話はかかりにくかった。

何度ダイヤルしても、話し中の信号が聞こえてくるだけだった。

舌打ちして受話器を置く。

彼は立ち上がり洗面所へ向かった。上半身は裸だった。

歯をみがき、ひげをあたると、彼はあらためて鏡をのぞき込んだ。

「いい面がまえになってきたな」

ひとりつぶやいて、ほほえんだ。

確かに彼は、うす汚れた生活から再び浮上しようとしていた。

生活自体に変化はない。だが、彼自身のなかの変化が、眼の輝きとして表れているような気が自分でしていた。

彼は、ベッドルームにもどると、素肌の上に、綿のワイシャツを着た。

細い黒のニットタイを締め、形のくずれかけた麻のサマースーツを身につける。

汗がワイシャツをしめらせ始める。

どんなに暑かろうと、ティーンエイジャーのように、Tシャツとコットンパンツという出で立ちで外出する気はなかった。

一人前の男の服装には、流行や安っぽい意匠などに決して左右されてはならない、最低限のルールがある——松永は、そう考えているタイプに属する男だった。

靴も、装飾のきわめて少ないリーガルのプレーン・トゥだった。

靴ひもを結び終え、マンションのドアを開ける。

廊下の手すりと、庇(ひさし)の間に、青い空が見えた。


渋谷の道玄坂にある、ひと時代昔を思わせる薄暗い喫茶店だった。壁に打ちつけられた棚に、陶製のピエロの人形が飾ってあった。

壁と同様に、その人形も、煙草(タバコ)のヤニで黄色く変色している。

きずの目立つ安っぽい木のテーブルに、未現像のフィルムが一巻置かれた。

松永は何も言わずに、それをポケットに収めた。

カメラマンは、大柄な男だった。

松永の大学時代からの友人で、佐田和夫(さだかずお)という名だった。学生時代はアメリカン・フットボールで敵をなぎ倒していた男だ。

「それにしても、三十万たあ、ボリ過ぎじゃないのか」

カメラマンの佐田は言った。

「これでも、友だちのよしみでずいぶん値引きしているんだ」

「本来なら自分で行くところなんだがな。こっちがビビるほどの相手じゃないんだ」

「じゃあ、自分で行けばいい」

松永はポケットからフィルムを取り出そうとした。

佐田は、両手を上げてそれを制した。

「そんなごたごたに付き合ってられなくなったんだよ」

「勝手な言い草だ。あとさき考えずに、売れっ子歌手のマンションのまえでストロボたいたりするからこういうことになるんだ。身から出た錆だろうが」

「ロック歌手の男のほうは、バックにヤバイのがいないことは明らかだったんだ。相手の女も、モデル・クラブ出身のパッとしないタレントだ。どうってことないと思ってたのさ」

「だが、実際はこうして物騒な連中に追い回されている」

「タレントの女のほうを甘く見ていたんだ。これからレコーディングをして売り出す腹だったんだ。そこまでは読めなかった。モデル・クラブの社長は、彼女を利用して芸能界に大きく進出するつもりだったわけだ」

「その社長が逆上して、おっかないお兄さんたちを雇ったというわけだな」

「そういうことだ。さっきも言ったとおり、俺は一分の時間も惜しいんだ」

「何を追っかけてるんだ。また、芸能界のサカリのついた猫どもか？　まあ、あの連中の周囲にいればネタには事欠かんだろうが、また今回の二の舞いだぜ」

「そんなんじゃないさ。今、俺たちみたいなフリーランスのジャーナリストの興味はただひとつ。首都圏の警察を敵に回した爆弾ゲリラたちさ」

松永の目がわずかに細くなった。

「当局じゃ、正体をつかんでいるのか？」

「それがおもしろいところでね。やつら、電話局爆破のあとは一切沈黙してしまった。示威活動に付き物の声明も発表していない。マスコミも警察も正体をつかんでいないんだ。過激派のデモンストレーションだとわかっていたら、俺たちだって色めき立ったりはしない」

「確かに妙な話だな……」

「とにかく、依頼の件はよろしくたのむ。あんたはむこうの社長の代理に会ってそのフィルムをわたせばいいんだ」

松永は身を乗り出して、佐田和夫を睨みすえた。

「いいか」

彼はゆっくりと言った。「今回、雇われた連中は、どこの組とも関係のない街のゴロツキだ。俺なりに調べて、それがわかったから引きうけたんだ。『組』を相手にしてたんじゃ、俺だっていくつ命があっても足りない。こんなことは二度とごめんだからな」

「商売なんだろ」

「仕事を選ぶ権利はある。依頼主がおまえだから引きうけたんだ」

「三十万も取っておいて、そういう言いかたはないだろ」

「ふん。治療代で足が出ちまうことだってあるんだ」

　松永は立ち上がった。

　伝票を取る。

「コーヒーくらいおごるよ」佐田が言った。

「けっこう。おまえは依頼主だ」

　松永は出口に向かいかけ、ふと立ち止まった。

　振り返って言う。

「コーヒー代はいいが、代わりにたのみがある」

「何だ？」

「そのゲリラについて、何かわかったら教えてくれないか」

「冗談だろう」

　カメラマンは笑い飛ばした。「そういった情報がどのくらいの金になるか知らんわけじゃあるまい」

「どこかに売りつけたあとだってかまわんさ」

「どうするつもりだ？」

「別に……」

「記者根性の名残ってやつか」

た。

そのまま後を見ようともせずに、レジで会計を済ませ、強い日差しのなかへ歩み出し

松永は背を向けた。

佐田和夫は言った。「何かわかったら連絡するよ」

「まあ、いいだろう」

松永は何も答えなかった。

松永は、愛車の五十三年型ニッサン・シルビアを、青山通りの車の列に滑り込ませた。

渋谷から赤坂方面に向けて、のんびりと、車の流れに乗った。

ポルシェが、狭苦しい車の間をすり抜けて行った。

アウディやサーブ、BMWなどがすれちがっていく。

松永の愛車は、発売当時、斬新なデザインだっただけに、かえって一時代昔の自動車という印象が強かった。

ハンドルはやたらに重く、パワーステアリングに慣れた知り合いには「運転しているだけで筋力トレーニングになる」などと言われたこともあった。

町中の低速走行では、リッター当たり六キロと、最新型の省エネルギー志向の車に比べ、倍近くガソリンを食う大食漢であることも、松永は充分に承知していた。

にもかかわらず彼は、このシルビアを手放す気にはなれなかった。

高速運転に入ると、きわめて機嫌よく足の伸びを発揮するし、足回りはがっちりと安定している。

今やステアリングの重さすら、松永にとっては、安心感を与えてくれる手ごたえとなっている。

何年も乗り回しているため、かすかなエンジン音の変化や、手ごたえ、ペダルの具合などで、車の機嫌がすぐわかるようになっていた。

彼にとって何よりもそれが捨てがたかった。愛馬に対する感覚だと松永は思っていた。

次々と新車に乗り替える楽しさというのも、理解しないではなかったが、彼はそういう趣味を持ち合わせていなかった。

右手に、大手広告代理店のビルが見えてきた。

佐田和夫に教えられた〝取引場所〟は、その広告代理店の裏手の路地にあるカフェバーだった。

松永は、赤坂見附のひとつ手前の交差点で右折し、裏通りへ入った。

うまく駐車できそうなスペースを見つけると、そこで車を降りた。

店はすぐに見つかった。地下へ降りる階段の先に松材でできた重そうなドアがあった。

鍵(かぎ)はかかっていなかった。

店内はかなり広かった。

入ってすぐ左手にカウンターがある。

カウンターの上の照明だけが点っていた。

椅子がすべてテーブルの上に載せられており、開店までに時間があることがわかった。

カウンターでは三人の男がうずくまるようにして缶入りのバドワイザーを飲んでいた。

冷房は入っておらず、店内は蒸し暑かった。

松永は体中に汗がにじみ出すのを感じていた。

松永が入って行くと、三人はいっせいに睨みつけた。

「何だ」

いちばん手前の男が凄みをきかせて尋ねた。頭髪と眉を剃っている。

ただのこけおどしにしても、なかなかの迫力ではあると、松永は思った。町中で出会ったら、思わず道を譲りたくなるだろうと彼は考えていた。

その隣に腰かけている男は、短い頭髪にきっちりとパーマをかけている。いわゆるパンチパーマと呼ばれるヘアースタイルだった。

いちばん奥の男は、ふたりよりもいくぶん若かった。スポーツ刈りだが、おそろしく深くこめかみを剃り上げている。

若い男は、鼻がつぶれており、不気味な印象を与える。

松永は、この三人組の正体をすでに調べていた。

流れ者のチンピラだった。

頭髪と眉を剃っている男は、実戦空手を標榜（ひょうぼう）する一空手流派の黒帯を持っていた。血の気が多く、常に流血沙汰が絶えず、ついに、道場の師範代の顔面を正拳でなぐりつけ入院させるという事件を起こし破門になった男だった。

スポーツ刈りの若い男は、もとプロボクサーだ。まじめに練習に励んでいれば、今ごろは、ランキングのかなりいいところまで上れたはずの実力の持ち主だ。

この男も傷害事件を起こし、ライセンスを剝奪（はくだつ）されている。

ふたりにはさまれているパンチパーマの男は、見かけどおり暴力団の組員の経験があった。

二年前に、組が解散してからは、まったくの風来坊だったが、修羅場（しゅらば）をくぐってきた貫禄（かんろく）は、チンピラたちの間で一目置かれるに充分だった。

彼は、この三人組のボス格だった。

三人がどうして知り合ったのか、松永は知らない。彼らは、今回のような面倒事を嗅ぎつけては、その場限りの仕事にありついていた。ハイエナのように腐臭にはおそろしく鼻がきくのだ。

「何の用だ」

頭と眉を剃った空手家くずれが再び凄んだ。

「佐田というカメラマンの代理の者だ」

松永は言った。

もと暴力団の男がゆっくりと松永のほうを見た。値踏みするような眼つきだった。

松永は、ポケットからフィルムを取り出した。

「こいつを持ってきた」

空手家くずれと、もとプロボクサーは、同時に、パンチパーマの男の顔をうかがった。

もと暴力団員は缶ビールを勢いよく飲み干した。

「一杯やりますか？」

丁寧な口調だった。

やたらに凄む連中より、こういう手合いのほうがずっと物騒だということを、松永はよく知っていた。

「残念だが、車なんだ」

パンチパーマがかすかにうなずいた。

あざけるようなほほえみが浮かんだ。

「どうです？　この店は」

「暗くてよくわからんが、俺の好みじゃないようだ」

「むかしは、ちょっとしたディスコだったんですよ。結構はやったもんだった。時代の移り変わりは激しい。今じゃ、わけのわからんカクテルを売っている」

昔をなつかしむような口調だった。

松永は、相手の気持ちがよくわかった。大物を気取っているのだ。

「こいつを受け取ってくれ。話はそれだけだ」

パンチパーマの男は、おおげさに溜息をついて見せた。

「私らは、佐田さん本人が来てくれるものと期待していたんですがね」

「そっちだって代理なんだ。五分五分だろう」

「それじゃ、こちらが仕事にならんのですよ。私ら、クライアントから、きびしく言われている。佐田さんに、仕事の上のルールをきっちりと説明するように、とね」

『クライアント』という一言が、モデル・クラブ社長からの受け売りであることが容易に想像できた。松永は、立場を忘れて失笑しそうになった。

「ルールの説明ね……。俺のほうも、すべてをまかされているんで、そっちが説明をしたいというのなら、この俺が聞くことになるが……」

パンチパーマの男は、悲しげな表情でうなずいた。なかなかの演技力だ、と松永は思った。

「こちらも、雇われた以上はやるだけのことはやらなければなりません。佐田さんは、そのフィルムを高い値段で買い取るように、私らのクライアントに持ちかけたのだそうですよ。これはルール違反だ。そういうのを一度でも許すと、悪い前例ができることになる。今回だけのことじゃ済まなくなる。ルールを犯した者には、ペナルティが必要なんです。同じようなことをしようという連中が跡を絶たなくなるわけです」

松永は用心深くカウンターに歩み寄った。

フィルムを静かにカウンターの上に置く。

「佐田はもう充分にこりている。こうしてフィルムもただで差し出した。これで終わりにするよう、クライアントに伝えてくれ」

松永は踵を返した。

慎重に出口に向かって一歩めを踏み出した。

背後で立ち上がる気配がした。

二歩めで松永は立ち止まらなければならなかった。

鼻のつぶれた、もとプロボクサーが、見事なスピードで松永のまえに立ちはだかっていた。

松永は、パンチパーマの男を振り返った。

彼は松永のほうを見ずに言った。

「まだ説明は終わっていないんですよ」

頭と眉を剃った男も、スツールから降りた。

「ばかばかしい。俺を相手に立ち回って、何の得があるというんだ」

「ビジネスですよ。私らは、このために金をもらっている。見せしめが必要なんです。見せしめが……。おわかりいただけますね。佐田さんがおいでになるべきだった。だが、あなたが代理だというなら、それもいいでしょう」

松永は、カウンターに背を向けて、プロボクサーくずれと向かい合った。

さりげなく両足を、肩幅ほどに開き、そっと体重を左足の側に傾ける。

両手は力を抜いて下げたままだった。

鼻のつぶれた若者はあざけるような笑いを浮かべていた。

5

若い喧嘩好きのチンピラの眼には、松永がただのやせ犬にしか見えないのだ。

彼のサマースーツにかくされた本当の体格を見抜くほどに眼が肥えていない。

もとボクサーは自信たっぷりだった。

彼は、松永のボディーに、アッパーぎみのパンチを打ち込もうと、右手を引いた。

その予備動作が大きすぎた。

自分のパンチのスピードを過信し、相手をあなどっていたためだった。

鞭のように、松永の右足がしなった。

一瞬の動きだった。

松永は、まだパンチの予備動作にある若者の、水月の急所に、正確に蹴りを見舞っていた。

「え……」

もとボクサーは、驚きに目を見開いたまま体をくの字に折った。

やがて、驚愕の表情は、苦悶のために崩れていく。彼は、腹をおさえて膝をついた。

松永は、空手家くずれを鋭く振り返った。

おそろしく残忍な笑いを浮かべて松永を見つめていた。舌なめずりしそうな表情だった。

松永は、この空手家くずれが、まぎれもなく危険な人間であることを悟った。

剃髪した野獣は、『うまそうな獲物』を発見したことを喜んでいる。暴力に飢えているのだった。松永は、笑いのなかに、その異常性を嗅ぎ取っていた。

剃髪した空手家くずれは、動こうとしなかった。

若いボクサーくずれが、起き上がる気配がした。

松永は、空手家から眼をそらし、ボクサーくずれに向かって、はすに構えた。

若い男は、クラウチング・スタイルに構えた。

松永は、軽く両膝を曲げ、拳を作る。

相手は、左のジャブから入ってきた。

松永は、ボクシングのスピードとテクニックのおそろしさをよく知っていた。フットワークを使われたら、なかなか有効打を決めることはできなくなる。

加えて、ボクサーは、相手のパンチをかいくぐる技術に長けている。

松永は、顔面を両手で防御しながら、送り足で素早く踏み込み、相手のすねを、思いきり、足刀で蹴り降ろした。

相手の膝が、一瞬伸びきった。不自然な緊張が、膝関節と、腰に伝わった。相手は膝を痛めたはずだ。

若いボクサーくずれのジャブが止まる。

松永は、人中——鼻と上唇の間にある急所に、拳を打ち込んだ。

さらに、松永は、低い回し蹴りで相手の膝上十センチの位置を痛打した。

ボクサーくずれは、床に転がった。松永は、その髪を左手でわしづかみにしておいて、右の手刀を首のうしろに叩き込んだ。

ボクサーくずれは、一度びくんと体を震わせると、そのまま床に崩れ落ちた。

人中を突いた時点で勝負はついていた。

人中を強打された人間は、たちまち戦意を失う。激痛のために発狂することすらある急所なのだ。

だが、喧嘩は徹底してやらなくてはならないことを、松永はいつしか学んでいた。

ようやく、髪と眉を剃った空手家くずれが動いた。

彼は何も言わずに歩み出た。

うれしそうな笑いを浮かべ続けている。松永は、その眼に、偏執狂（へんしつきょう）の光を見た。

空手家くずれは、両手を顔面の前にかかげて構えた。脇（わき）はあいている。

伝統的な空手を学んだ松永から見れば、おそろしく無防備な構えに見える。足もほとんど棒立ちのままだ。

しかし、このアップライト・スタイルの高い構えが、直接打突ルールを採用している、空手流派グループの代表的なものであることを当然松永は知っていた。

実戦空手とか格闘空手を主張する流派の選手は、ほとんど間合いということを意識しないということも、松永は経験上知っていた。

彼らは、顔面の正拳突きだけは禁止している。そのため、顔面をおかまいなしにどんどん接近していき、相手の胸や腹をところかまわず殴りつけるわけだ。

空手家くずれは、近代空手の典型的なコンビネーションで入ってきた。

右のローキック、すかさず、右左のワンツー、そして左の高い回し蹴り——これらの技が流れるように連続して、一秒ほどの間に繰り出された。

松永は、すべての攻撃を両手でさばいた。

彼は、ある流派の三段を持っているが、鍛錬を続け、しかも実戦慣れをしているので、組手だけだったら、四段の実力が充分にあった。

相手が空手の技でくる限り、まったくおそろしくはないということだ。

空手家くずれは、攻撃の手を休めなかった。

重い回し蹴りを、松永の左右の脇腹に続けざまに見舞い、すぐさま、体を回転させて後ろ回し蹴りで頭部を狙ってきた。

脇腹への蹴りはそれほど威力はなかった。後ろ回し蹴りへの布石なのだ。

松永は、ためらいなく飛び込んだ。高い蹴り技を封じるには、技が決まるまえに相手のふところに入るのが定石（じょうせき）だ。

松永は、目の前でフラッシュをたかれたような気がした。無数の星が四方八方へ散っていく。

腰がたよりなく浮き上がり、鼻の奥できな臭いにおいがした。

敵は松永の動きを読んでいた。

松永を誘うための大技だった。飛び込んできた松永の顔面に、背を向けた体勢から、肘（ひじ）を叩き込んだのだった。

松永は辛（かろ）うじて踏みとどまった。

相手は、松永の鼻柱に正拳突きを打ち込んだ。

松永は、思いきり体をうしろに投げ出して、その拳の威力を半減させた。そうしなければ、一撃でダウンしていただろう。

松永は、パンチの威力でふっとんだように見えた。

鼻がじんとしびれていた。あたたかいものが鼻孔から流れ出した。鼻血が、ワイシャツに大小のシミを作った。

松永は頭を振った。

首から上に一切の毛のない残忍な空手家くずれは、自分の拳をなめてほくそえんでいる。

松永は、のろのろと立ち上がった。

敵は、いきなりローキックを飛ばしてきた。松永は、体勢を崩し、思わず膝をつきそうになった。

その顔面を狙って、敵の回し蹴りが飛んだ。

松永は思いきって身を投げ出し、スライディングの要領で敵の足もとにすべり込んだ。

そのまま、両足で敵をはさんでひねる。いわゆる蟹（かに）ばさみという技だ。

空手家くずれは、思わぬ技に、あっけなく倒れた。

松永は、倒れたまま足を高く振り上げ、力の限り踵を相手のあばらに打ちつけた。

松永は、はね起きた。

空手家くずれも、あばらをおさえて、必死に起き上がろうとした。

松永は待ちかまえていた。

空手家くずれが、身を起こした。

その瞬間に、松永は思いきり腰を切った。右足がうなりを上げる。

容赦ない回し蹴りが、敵の顔面に、まともに炸裂した。

敵の腰が一瞬浮き上がる。そのまま、空手家くずれは、あおむけに倒れて動かなくなった。

松永は鼻血をぬぐった。振り返ると、ボス格の男が、怒りを露わに立ち尽くしていた。

ふたりは無言で見つめ合っていた。

やがてパンチパーマの男の眼に危険な光がまたたくのを、松永は見た。

パンチパーマの男は、スーツのふところに右手を差し込んだ。刃物をのんでいるのは明らかだった。

パンチパーマのもと組員は、ゆっくりと油断なく右手を引き出し始めた。

松永との間に緊張の糸がぴんと張られた。

突然、松永は、転がっていた椅子を起こしぐったりと腰を降ろした。

ハンカチを取り出して、ふたたび、丁寧に鼻血をぬぐい始める。

もと組員は、ふところに入れた手を止めて、意外そうな表情を見せた。

松永は言った。

「ここまでにしよう」

彼は、相手の眼を見なかった。

「ふざけるな。こんだけのことをしておいて、ただで済むと思うのか」

相手は、大物ぶりを放り出して、露骨に凄んだ。

あいかわらず、松永は相手の眼を見ようとしない。

「俺のせいじゃないさ。あんたのクライアントを怨むんだな」

「何だと……。なめた口をきくな」

松永は、そこで相手の眼を睨みすえた。

相手がたじろぐのがわかった。虚勢を張っているのだ。

あとは、相手の引き際を用意してやるだけだ、と松永は計算した。

「あんたの言おうとしていることはよくわかった。俺からカメラマンの佐田にじっくりと話して聞かせることにしよう。あんたも代理、こっちも代理。これ以上やり合うのは、どう考えても得じゃない。このあたりで手を打ってくれる器量があんたにゃあると、俺は睨んでるんだがね」

パンチパーマのもと組員は、右手をふところから抜き出した。刃物は握られていなかった。

松永は立ち上がった。

「あんたは話がわかる人だと思った」

「いいだろう」

相手は、大物気取りの演技を再開した。「だが、覚えておいてもらいたい。見逃すのは、今回かぎりだ」

「忘れないようにしよう」

松永は、パンチパーマの男に背を向けて、ドアに向かった。

慎重に歩を進める。速過ぎても、余裕を見せ過ぎてもいけない。

松永の手がドアにかかる。

背中で、パンチパーマの声を聞いた。

「名前を聞いておこうか」

松永は、わずかの間を取ってから、振り向かぬまま言った。

「冗談じゃない。これ以上の面倒事はたくさんだ」

松永はドアを押して外へ出た。

後ろ手でドアを閉める。

急ぎ足で車にもどり、シートにすわって、大きく溜息をついた。

緊張のため、手足がわずかにふるえていた。

肘打ちと、正拳ストレートを見舞われた鼻柱がうずいている。

頭をヘッドレストにあずけ、もう一度深い吐息をついた。

物騒な連中とわたり合うのは、何度経験しても嫌なものだった。慣れているとはいえ、正直に言って、恐怖感はぬぐい去れない。

松永が落ち着きを取りもどすのに、たっぷり五分はかかった。

ようやく彼は、キーをひねってエンジンをスタートさせる。シルビアは、まっすぐに、松永の住むマンションへ向かった。


部屋のドアにキーを差し込んだとき、松永は、背後から声をかけられた。

反射的に、腰を落として臨戦体勢を取った。

どこで怨みを買ってもおかしくない生活を続けているうちに、身についてしまった悲しい習慣だった。

鋭い松永の表情が、驚きのそれに、変わっていった。

やがてその眼に、喜びとも悲しみともつかない実に複雑な色が浮かび始めた。

ようやく松永は口を開いた。

「片瀬……。片瀬直人か……」

線が細く、華奢な体格の若者がほほえんでいた。

身長も、最近の若者にしてはそう高くはない。

「ごぶさたしています」

片瀬直人は、頭を下げた。

細く柔らかい直毛の髪が、さらさらと流れた。肌は浅黒いが、目鼻立ちは、驚くほど端整だった。まつげが女性のように長い。

瞳は、澄み、理性と知恵の光を宿して輝いている。

「インドから帰っていたのか」

松永は、まだ茫然とした体のまま、尋ねた。

「はい。つい先日……」

片瀬はふと表情を曇らせた。

「その血は……？」

「何でもない。仕事で、ちょっとな――。それよりよく会いに来てくれたな。水島静香は元気か？　大学へは復学するのか？　住まいはまだ千葉の市川か？」

松永は、呪縛を解かれたように話し始めた。

もどかしげに、ドアの錠を解く。「まあいい。話はゆっくり、聞こう。とにかく、入ってくれ」

片瀬直人は、わずかにためらいの表情を見せた。

「どうした？」

「いえ……」

「寄っていく時間がないのか？」

「そうじゃないんです」

「何かあったのか？」

片瀬直人は、整った顔を上げて、まっすぐに松永を見た。

迷いを振り切ったという態度だった。

「気になることがあるんです。まだ、誰にも話してはいません」

「俺に話すべきかどうか迷っていたというわけか。水臭いな。いっしょに修羅場をくぐって生き延びた仲じゃないか」

「はい……」

「何なんだ？　気になることって」

古代インドで生まれた神秘の血脈を現代の日本に伝える『荒服部一族』――その王となるべき血を宿す片瀬直人は、手すりと庇の間に広がる青空を見上げた。

「あれです」

松永は、身を乗り出して片瀬と同じく空を仰いだ。

「何だ？　空がどうかしたのか？」

「あの雲です」

『荒服部』の王、片瀬直人は指を差した。

青い空を、細長いまっすぐな雲が二本、鋭角のV字形を成して横切っていた。

6

「少しお休みになってはいかがです」

陣内は、下条に言った。

下条は、報告書の束から眼を上げようともしなかった。「今、ここで不手際があったりしたら、いやでも一生、日なたぼっこをして暮らすようなはめになるかもしれんのだぞ」

陣内は、上司のまえながら、平気で大きな溜息をついた。

下条は、報告書から眼を上げた。

落ち着きはらった半眼が下条を見つめていた。

「戦いは始まったばかりです。休めるうちに休んでおかないと、山場で音をあげることになりますよ。人間の神経は、長時間の緊張にさいなまれると、いざというとき、意外なほどのもろさを見せてしまうものです」

「この事態が長期化するという口振りだな、陣内」

「あるいは悪化……」

下条は、報告書を放り出した。

「なるほど——」

彼は、ゆったりと体を背もたれにあずけた。

目頭をこすってから眼鏡をかけ直し、部下を見つめる。「君の意見を聞こうじゃないか」

「電話ケーブルの破壊は、単なる準備行動ではないかと、私は考えております」

「犯人グループは、いったい何をやらかそうとしているんだ」

「首都圏を徹底的な混乱に導こうとしているのではないでしょうか」

「目的は？」

「問題はそこです。幻のゲリラたちは、一切目的を明らかにしようとはしておりません。彼らの真の目的がわかれば、手の打ちようはいくらでもあるのですが……」

「……で？　この事態がさらに悪化すると考える根拠は？」

「洞道が爆破され、電話が不通になった一帯に共通点はないか……。それを考えてみました」

「祖師谷、大泉、小岩……。強いて言えば、いずれも住宅密集地だ……。だが、祖師谷と大泉は山の手、小岩は下町——共通点と呼べるほどのものは、私には思いつかんがね」

「交通情報の混乱です」

下条は、はっと顔を上げ、立ち上がった。右手の壁に歩み寄って、そこに貼られた首都圏の地図を睨んだ。電話不通地域が赤く塗られている。

「お気づきでしょうか。電話不通地域は、いずれも、東京からの主要高速道路の出入口を含んでいるのです」

「祖師谷電話局のケーブル破壊によって、中央自動車道と東名自動車道の出入口周辺が、大泉電話局の破損で、関越自動車道の出入口付近が、そして、小岩で、京葉道路が……」

「そうです。そして、各高速の出入口付近は、常に交通量の多い地帯です。ケーブル破壊によって、現在、この地帯の信号機は、すべて独立して作動しています。交通量によって、信号の時間を制御する、警視庁のコンピューターとの連絡を断っているのです。この地域の交通渋滞は、時間を追うごとに激化するでしょう」

下条は席にもどった。

陣内の話は続いた。

「そのうち、必ず事故が発生するでしょう。しかし、電話が不通のため、連絡はとどこおり、事故処理が遅れる。交通の混乱はさらに助長されます」

「シグナルを止めて、巡査が交通整理に当たってはどうだ？」

「逆効果です。交差点に立つ巡査すべてが、絶えず連絡を取り合い正確に状況を把握しない限り、適切な交通整理はできません。二十年前とは、交通量はケタちがいなのです。要するに、人間の手には負えないのです。それに、ドライバーの心理も考慮に入れねばなりません。相手が信号機なら、いら立つだけです。しかし、交通整理をしているのが人間の警官となったら、彼らのいら立ちは怒りに変わります」

「どうしようもないというのか？」

「ヘリコプターを飛ばし、交通管制センターと絶えず無線連絡を取らせてあります。これでも、何もしないよりはましといった程度の措置ではありますが」

「国鉄が気になる……」

下条がつぶやくように言った。「情報ケーブルがあまりに無防備なことを、世間に知られてしまっているからな」

陣内はうなずいた。

「一九八五年十一月二十九日の、過激派ゲリラによる国鉄通信ケーブル切断事件……」

「もう手は打ってあるんだろうな」

「警視庁が警備を強化しております。鉄道公安が廃止されてから、警察庁が直接監視をしていますからね。しかし――」

「しかし？」

「今回の事件で、いちばん気になっているところでもあるのです」

「何がだね？」

「電話局の洞道は、おいそれと外部の人間が侵入できるようなところではないのです。交換器や回線は、監視員が二十四時間チェックしているのです。その眼を盗むことは、ほぼ不可能なのですよ」

「いついかなるときでもミスはつきものだ。そうだろう」

「ただ一局の爆発ならば、そういう言い方も可能でしょう。しかし、三局のしかも同時爆発となると……」

「ばかな……。内部の人間の犯行だと言うのか。警察庁および警視庁ではどう見ているのだ？」

陣内は肩をすくめた。

「どう見るも何も……。首をひねるばかりというのが現状です。目下、警視庁の刑事部は、過激派と、いわゆる愉快犯（ゆかいはん）の犯行という、二つの方向で捜査を進めておりますが
……」

「国鉄でも同じことが起こりうると、君は思っているのだな」

「事実、監視の厳しい電話局のケーブルがやられているのですからね。国鉄で起きても不思議はないと思います。それに、国鉄の通信用ケーブルは、線路わきにくまなく埋められています。そのすべてを監視することは不可能です」

下条は電話を取り上げて、警察庁の連絡担当者を呼び出した。

国鉄通信用ケーブルの確保に最大の努力をするように申しわたして受話器を置いた。

「陣内、君が今言ったことを至急文書にしてくれ。どうも、電話局内部の人間の犯行という可能性も無視できないようだ。それと、各方面に、事態の悪化も考えられることを呼びかけなければならない」

「わかりました」

下条は、陣内がすぐさま仕事にかかるものと考えていた。しかし、陣内は部屋を出て行こうとはしなかった。

「どうした。まだ、何かあるのか？」

「あとひとつだけ」

下条は、苦りきった表情を見せた。

「今度はどこの省庁からの情報だね」

「気象庁です」

「何だって？　気象庁？　何かの間違いじゃないだろうな」

「アマチュアの気象観測家や、地震研究家らが、気象庁に次々とおしかけているというということです」

下条は、無言で部下の常に眠たげな半眼に保たれている眼をのぞき込んだ。

「首都圏のあちらこちらで、動物が異常な行動を見せ始めているというのです。そして、彼らは、空に明らかな地震雲が認められると訴えてきています」

「地震雲……？」

「大地震の前ぶれとして、地震が起こる地帯の上空に現れる雲のことです」

「気象庁は、公式にそのような現象を否定しているはずだが……」

「まだ実証されていないからです。しかし、科学の実証などというのは、常に自然現象の後になされるものですから……」

「大地震の前ぶれだと……」

下条は呪（のろ）うような口調で言った。

「そのこともレポートに加えておきますか？」

「もちろんだ――」

言ってから下条は、片手を上げた。「いや、その地震の件については、別途、報告書を作って極密扱いにしてくれ。地震情報が政府内に流れていることを、マスコミに嗅（か）ぎつけられると、事がいっそう面倒になる」

「わかりました。報告書は、一時間後におとどけします」

「たのむ、三十分でやってくれ」

「一時間です。そのあいだ、室長には一息入れていただきます」

下条は、反論しかけたが、思い直したように言葉を呑み込んだ。

「わかった」

彼は言った。「一時間だけ、仮眠を取るとしよう」

陣内は、ほほえんでドアの外に消えた。


「水島……水島静香はどうしている？」

コーヒーを入れ終え、ダイニングテーブルに、カップをふたつ置くと、椅子に腰を降ろして松永は尋ねた。

片瀬は、わからないほどかすかに微笑してこたえた。

「自宅に帰っています」

「水島太一のもとにもどったのか」

「はい」

「俺は、てっきり、あんたたちふたりはいっしょに暮らしているものと思っていたがな」

「彼女には、日常性が何よりも必要でした」

「日常性？」

「はい。服部宗十郎のスパイとして暮らしたのは、たった二年足らずでしたが、彼女の心を暗く閉ざすには、充分すぎるくらいの時間だったのです。彼女の日常性はことごとく破壊されました。おとうさんの水島太一は、服部宗十郎の力で大蔵大臣にまで登りつめました。おかあさんは、服部宗十郎の末娘です。そんな家庭の秘密を知ってから、彼女は、安らぐことを知らなかったのです」

「だろうな。服部宗十郎たちが生きていたら、水島の家は家庭ではなく、服部の戦略基地みたいなものだったろうからな」

「彼女には、両親との会話、大学生としての生活、学友たちとのつきあいなどが、どうしても必要だったのです」

「あんたの愛情よりもか？」

「僕たちの関係はおよそ尋常なものではありません。僕たちが結ばれることは、服部の血脈が『荒服部』の血脈といっしょになることを意味するのです。だからこそ、僕は考えました。僕は水島くんのために、最も普通の学生らしい付き合いかたで接しよう、と」

「あんたも、おかしなやつだな。今どきの学生がどういう付き合いかたをしているか知らんわけじゃあるまい。地方から出てきて一人住まいの学生は、親の眼を盗んで、恋人といっしょに暮らそうとするもんだ。ウィークデイの渋谷のホテルへ行ってみろ。大学生でいっぱいだぜ」

「でもそれは、水島くんの考える『普通の学生らしい付き合い』ではないのです」

「あんたの話を聞いていると、妙な気分になってくるよ。えらく古風なんでな。およそ、現代の若者という気がしない」

「現代の風潮がどうであれ、それに迎合する必要はありません。今の水島くんは、失われた二年間の平和な日常を取りもどそうとしているのです」

松永の眼差しが変わっていた。やさしい表情だった。

「なるほど……。俺は、婚約者に去られてから、女をとっかえひっかえ暮らしてきた。ほとんどが行きずりの関係と言ってもいい。だが、そんな生活がこの心を満足させたかというと、答はノーだ。あんたの言うことがわかるような気がようやくしてきた」

「インドでは、僕たちはずっといっしょだったのです。そして、いずれは、またいっしょに暮らすことになるのです。今は、彼女を、家庭に帰してやることが、何より大切だと思ったのです」

「水島太一にとっても救いとなるだろうな。大蔵大臣を失脚し、内閣からはずされた水島太一は、与党内でも閑職についているという話だ。服部一家が葬られてからというもの、服部の庇護の下にあった水島太一は無残なありさまだったという。そのうえひとり娘に、失踪されていたんだからな」

「水島太一氏も、静香くんと同様、犠牲者のひとりです。静香くんがもどることで、少しでも立ち直ってくれれば……」

「心配することはない」

松永は言った。「政治家の肝っ玉は、あんたが思うほど小さかないよ。ところで、俺に話したかったことというのは……」

片瀬の表情がわずかに険しくなった。

「地震雲です」

彼は言った。

「地震雲？」

「空に出ていた、あの二本の細長い雲です」

「聞いたことがある。大地震の前兆として現れるというやつだろう。……とすると、近々大地震があるということなのか」

「……明日にでも……。そして、電話局の爆破は、それと無関係ではないと思うのです」

松永は眼を細めた。

「どういうことだ？」

「電話局のケーブルの破壊というのは、単に電話が不通になったり、かかりにくくなったりするだけのことでは済まないのはご存知でしょう」

「ああ、先だっての世田谷ケーブル火災の例もあるしな。多くの都市情報が使いものにならなくなった」

「今ですら、東京都内は混乱をきわめています。そこに大地震が起こったら……」

「ちょっと待てよ」

松永は、眉根（まゆね）を寄せた。「電話ケーブルを爆破した連中は、地震が起こることを予知しているというのか」

「おそらく、間違いありません」

「……だとしたら、最小限の破壊工作で、首都圏に大打撃を与えることになる……。しかし、そんなことが可能なのか？」

「可能なんです」

「あんたは、今回の爆破犯人を知っているのか？」

「見当はついています。そして、その目的も」

「何者なんだ？」

松永は、身を乗り出していた。

「ワタリと呼ばれる山岳民族のなかの一派です」

「ワタリ……」

「古代の日本では、さまざまな異民族が入り込み、この国を支配しました。全アジア的な規模で日本史を見ると、日本の支配者は、唐時代の中国王朝から流れてきた一族であったり、また百済系の人種であったりしました。多くの日本原住民は、その支配下に入ったのですが、山深く逃れ、いつの時代にも決して、何者の支配にも屈しなかった人々がいたのです」

松永は何も言わずに片瀬の話を聞いていた。

「山へ逃れた人々は、独特の文化を作っていきました。おおざっぱに言うと、彼らは狩猟をなりわいとしていました。やがて、ワタリの民も、その技術によって二派に分かれていきます。一派は、狩猟の技術を追求し、マタギと呼ばれる狩猟民になっていきます。そして、もう一派は、狩猟の技術をもとに、さまざまな目くらましや体術を磨くようになるのです。それが、シノビと呼ばれるようになるのです。ワタリの民から、マタギとシノビが生まれたのは中国王朝系の日本支配が弱体化し始めた時代——つまり藤原体制が崩壊していったころのことだと言われています。それから後、戦国時代まで本州の中央部では、シノビが乱破者などと呼ばれ、勢力を振るいます。一方、マタギは、山々を渡り、しだいに北方へ移動していき、最近では、奥羽山脈の山ひだだけに見られるようになりました」

「マタギというのは聞いたことがある。じゃあ、伊賀、甲賀なんかの忍者とマタギは同根だというのか?」

「そうです。マタギとシノビの技術には、共通したものが多く見られます。例えば、『軽身』とよばれる体術や、気配を断って周囲の環境に同化する一種の自己暗示、急所を一撃で突き殺すための技術……。これらは、すべて方法としては同じです。ただ、相手が、獣か人間かで発達のしかたが違ってきただけなのです」

「で……?　今回のゲリラだが……」

「自然現象を利用して、騒動を起こすのを専門とするシノビの一派がいたという話を祖父に聞いたことがあるのです」

「ほう……」

「一時は、シノビのなかでも、かなりの勢力を持っていたということです。伊賀や甲賀などの一族がシノビを統率していくさらに前の時代のことです。その一族は、自分たちのことをマツダ一族と呼んでいたそうです」

「マツダ……」

「はい。真実の真に、津軽の津。それに田んぼの田で真津田(まつだ)……。しかし、これは、後世にあて字されたものでしょう。真津田は、その後、松田(まつだ)姓となり広く日本に分布するようになりましたが、そのへんは、服部と事情はいっしょです」

「服部姓の祖は、帰化民族の秦(はた)一族……。だが、現在の日本で直接秦氏の血を引く服部家はほとんどない——そういうわけだな」

片瀬はうなずいた。「直系は『荒服部』家だけ、つまり、僕が現在、最後の直系というわけです」

「さらに、源流をたどれば、インドへ行くということだったな」

「はい。秦一族というのは、文字通り、紀元前に中国の王朝『秦』を建国したのと同じ民族です。彼らは、漢民族ではなくはるか西域の異民族だというのが定説です。日本に渡ってきたのは、北インドから発した一族で、自らをアルハット一族——つまり、サンスクリット語で『供養を受けるに値する』一族と名乗っていました。後に、インドでは、そのアルハットの語が仏教用語となり、中国に伝わり『阿羅漢（あらかん）』と呼ばれるようになりました」

「一方、仏教とは無関係に、しかも仏教伝来よりはるかに早く日本に入ったアルハット一族は『荒服部』となった……。そうだったな」

「そういうことです」

「その『真津田』一族だが……？」

「はい。やはり、長い年月の間に分家を重ね、多くは、後の伊賀や甲賀などに統率されていったといいます。そして、真津田の持つ能力が、広く伊賀者、甲賀者にも伝えられていくことになったのです」

松永は、頭のなかを整理しようと眉根にしわを寄せて、唇を咬んでいた。

片瀬の言葉が続いた。

「戦国時代の合戦などで、天候が味方して勝利を得るという話がよくあります。秀吉の、備中高松城の水攻め――あれは、降り続く長雨を利用して、水をせきとめて高松城を水の中に埋没させることができたのです。信長は、長篠の合戦で、時期が梅雨時であるにもかかわらず、あえて鉄砲戦を選びました。彼は合戦の日に、雨が降らないことを知っていたのです」

「それは、すべて真津田一族の働きだというのか」

「正統の真津田一族は、いかなる武将の軍門にも降っていません。彼らはワタリの民の伝統を守り、すべての権力に屈することなく生き続けました。おそらくは、乱破衆に伝えられた、真津田の技術がものをいったのでしょう。真津田一族が自ら動いたのは、歴史上では、元寇のときだけだったと言われています」

「元寇……。蒙古軍の襲来だな。文永の役と弘安の役だったな。二度とも神風が吹いて、蒙古軍がさんざんなめにあったという……。中学時代だったか、教科書を読んで、いかにも眉つば、という印象を抱いた覚えがあるが……」

「文永の役が一二七四年十月、弘安の役が一二八一年七月。敵は元と高麗の連合軍です。兵力では、日本はまったく勝ち目はありません。二度とも暴風雨が吹き荒れて、元・高麗連合軍が壊滅的打撃を受けたというのは本当のことです」

「しかし、どうやって……。いくら天候を読むことに長(た)けた一族でも、嵐(あらし)を呼ぶことはできないだろう」

「水軍の進軍は、当時は実に悠長なものです。朝鮮半島を出発して、九州本土に上陸するまで、二十日近くかかっているのです。日本側は、対馬(つしま)、壱岐(いき)という防衛ラインを持っていました。真津田一族は、九州太宰府(だざいふ)に駆けつけ、さらに、対馬、壱岐へいち早く渡り、二カ所の防衛ラインで、本土上陸の時期を必死でコントロールしたのです——ちょうど元軍上陸時と、暴風雨襲来が重なるように……」

「『荒服部』の王から聞いた話じゃなければ信じないところだ」

「真津田一族は驚くほど、服部一族と似たところがあるのです。彼らは、体術や格闘術にも長けています。そして、彼らの本家筋も、『荒服部』同様に、『荒真津田(あらまつだ)』と呼ばれるのです」

「日本の先住民族は、多くは他民族だったと言われているな。『荒真津田』もそうなのか」

「はい。『荒真津田』も『荒服部』同様に発生はインドです。でも、彼らはペルシアの影響を強く受けていました。ゾロアスター教を信奉していたのです。自ら、『荒真津田』と名乗ったのもそのためです」

「……アフラ・マツダ！　ゾロアスター教の神の名だ！」

「そのとおりです。真津田一族がワタリの民となったのは、藤原体制の時代です。藤原氏は、唐の文化をバックに持って宮中を支配していきます。真津田一族は異民族ということで、奴隷扱いされそうになるのですが、唐文化の支配下に降るのを嫌い、山に逃れたというわけです。唐では、ゾロアスター教のことを祆教と呼びます。藤原の時代から、真津田一族は、『祆』ゆえに『犬』つまり〝いぬ〟と呼ばれ、いわれのない蔑みを受けるようになります。それが、後々、『犬神筋』などの伝説となっていくのです」

「山間の村落などでは、いまだに犬神をおそれているというが……。それは、ゾロアスター教を信奉し、自らその神の名を氏名とする一族に端を発しているというわけか」

「同じ山の民にさえおそれられるほどの卓越した能力を持っていたということでしょう」

松永は、しばらく無言で考えを巡らせていた。

「……真津田一族というのがどういう連中かはわかった。しかし、どうもぴんとこない。今回の電話局爆破がその連中のしわざだという根拠は、何ひとつないじゃないか。ただの愉快犯かもしれない。地震だって起こるかどうか、まだわかりはしないんだ」

「地震は必ず起こります。それは僕にもわかります」

「目的は何だ。動機は？」

「服部宗十郎の死です」

「何だって？」

「服部宗十郎の死以来、真津田一族は、チャンスを狙っていたのです。そして、今回やってくる大地震は、彼らにとって、またとないチャンスなのです。彼らがこの機を逃すはずは、ありません」

松永は、上眼づかいに美しく整った片瀬直人の顔を見つめていた。

「なぜ、あんたが俺に話をしたがったかが、ようやくわかったよ。服部宗十郎のこととなると、俺も知らん顔はできんからな」

「僕ひとりの手に負えないかもしれない。そう思ったのです。ことは首都圏全体の大混乱におよぶのですから……」

松永は、椅子にすわり直した。

「どうやら、本腰を入れて聞かにゃならんようだな。真津田一族が何を狙っているのか。服部宗十郎とどういう関係があったのか——」

7

カメラマンの佐田は、スクープをものにしようと、厳戒体制の敷かれた街を歩きまわった。

山手線で、渋谷から新宿まで出ようとして、何気なく車窓の外を見ていた佐田は、線路わきに、警官の姿が多いのに気づいた。

原宿駅付近では、新宿に向かって左手に見える明治神宮の木立のなかに、灰色の制服姿が見えた。

代々木に向かう途中も、高架を見上げている警官が眼についた。

佐田は、すぐさま、一九八五年十一月二十九日の、過激派による国鉄通信ケーブル切断事件を思い出した。

彼は、紀伊國屋書店に飛び込んで、一九八五年版の新聞の縮刷版をめくった。

M新聞の十一月三十日付の記事に、小さな首都圏の国鉄路線図が載っており、ケーブルが切断された箇所にバツ印が付けられていた。

佐田は、山手線と中央線上のバツ印の位置を頭に叩き込み、書店をあとにした。

午後三時二十分。

陣内は、ワープロで打ち上げた書類に眼を通していた。

ふと彼は、若い室員のひとりが、受話器に向かって感情を露わにしているのに気づいた。

朝から、部屋中の電話が鳴りどおしだった。室員たちはいら立ち、疲れていた。

陣内は立ち上がり、その若い室員に歩み寄った。

「どうした」

室員は、受話器に向かってしばらく待つように告げてから保留の赤いボタンを押して顔を上げた。

「いたずら電話だと思うんですが」

「何だと言うんだ？」

「電話局爆破の犯人について、室長と話がしたいと言うんです。私が話を聞くと言っても、がんとして譲らず、室長を出せと……」

「むこうは名乗っているのか？」

「はい。松永……松永丈太郎と言えば室長はわかるはずだと言ってるんですが……」

陣内平吉の左の眉がぴくりと動いた。

彼は右手を突き出した。

「私が代わろう」

若い室員は、受話器を差し出し、保留を解除した。

「陣内です。覚えておいでですか？」

松永が忘れようとしても忘れられない名前のひとつだった。

はるかな過去から顔を出し、現代の政界財界に、はかりしれない影響力を誇っていた妖怪——服部宗十郎と二人の息子たちを葬り去るのに、本意ではないにしろ、手を組んだ戦友のひとりだった。

松永は送話口をてのひらでおさえて、かたわらにいた片瀬直人にささやいた。

「陣内平吉だ。覚えているだろう。内閣調査室の室長・下条泰彦の片腕だ」

片瀬はうなずいて見せた。

松永は電話に向かって言った。

「下条と話がしたい。一刻も早くだ」

「今、どこからおかけですか？」

陣内は、落ち着きはらった声で尋ねた。間が抜けた声にすら聞こえた。

「自宅だよ」

「ほう……。すると、お宅の電話はだいじょうぶだったのですね」

「かなりかかりにくくなっているがな。五回ダイヤルして、ようやく通じた。なのに、あんたのところの役人は、なかなか取り次いでくれようとしない」

「当然です。無闇に室長に電話を回すわけにはいきません」

「聞いておいたほうがいい。手遅れにならないうちに……」

「なにをそんなにあせっておられるのです？　電話復旧作業は順調に進んでいるのですよ」

「大地震さ」

「まあ、そんな噂も流れているらしいですがね。火種は、アマチュア地震研究家たちの根拠のない発言です。気象庁では心配ないと言ってるんです」

「ところが、俺のニュースソースは、アマチュア研究家などではない。『荒服部』の王だと言ったら、話を聞く気になるかね」

陣内はわずかに間を取った。

驚きを意味していることが、松永にはすぐにわかった。

「片瀬直人……片瀬直人と話をなさったのですか？」

「今、俺の隣にいるよ。彼は、爆破犯人たちの正体も、その目的も見当がつくと言っている」

「片瀬直人が、インドから帰国していた……」

「大地震は起こる。今夜か明日にでも……。片瀬はそう言っている。事態は、あんたたちが考えているより、ずっと根が深いと思う。すぐに室長に会えるように、手はずを整えてくれ」

「もう二度と私たちとは関わり合いになりたくなかったのではないですか？」

「ああ。今でもそう思っている。だが背に腹は……ってやつでね。事は日本の将来に関わると言ってもおおげさじゃない。もう一度、悪魔と手を組むのもしかたがないと思ったわけさ」

しばらく沈黙の間があった。

松永は辛抱強く待った。

無言の状態は一分間も続いた。やがて陣内は、言った。

「わかりました」

口調に変化はまったくなかった。のんびりとした声音だった。「都内の交通は混雑しきっています。永田町まで、ヘリコプターを用意させます。お住まいは碑文谷でしたね。碑文谷一丁目の目黒第七中学校の校庭にヘリを降ろします。そこで待機していてください。なにせ、室長は持ち場を離れられない状態にあるので、そちらからお運びいただかなくてはなりません」

「いいだろう。ヘリはいつ来る」

「三十分後に……」

松永は電話を切って、片瀬に陣内の言葉を伝えた。

松永と片瀬は一時間後には永田町に到着していた。

ヘリコプターがふわりと着陸した、国会議事堂左翼側の広場には、紺色の背広を着た内閣調査室の室員が、ふたりを待ちかまえていた。

松永と片瀬は、黒塗りの公用車に乗せられた。

車は、五分と走らぬうちに停車する。高速道路三号線の霞が関出口を右手に見ながら登る坂道のわきに、総理府が建っていた。

室員は、ほとんど無言で、松永と片瀬を総理府の近代的な庁舎のなかに案内した。エレベーターで六階へ上がる。

総理府の六階は殺気立っていた。内閣調査室の調査官や室員たちが、絶え間なく鳴り続ける電話と格闘し、飛び交う文書に追いまくられているのだ。

室長の部屋だけが、辛うじて静けさを保っていた。

部屋では、下条泰彦と陣内平吉が、松永と片瀬を待ちかまえていた。

ここまでふたりを案内してきた室員は、関わり合うのを避けようとでもするかのように、さっと姿を消した。

「話を聞こう」

下条は挨拶もなしに、松永を見すえて言った。「今回のゲリラ事件の犯人に心当たりがあるということだが……?」

松永はうなずいた。

「おたがいに、まだ服部宗十郎の呪縛から逃れられないようだ」

ほんの一瞬、下条と陣内は視線を合わせた。

すぐに、下条は松永に眼をもどした。

「どういうことなのか説明してくれ。私は時間が惜しい。……いや、地震の話が本当だとすると、すべての人間にとって時間が不足しているということになる」

「そのまえに、ひとつ聞いておきたい。あんたたちは、ゲリラの正体や目的をつかんでいるのか？」

「そうだとしたら、君らをここへ案内したりは決してせんよ。これは非常手段なんだ」

松永はうなずいた。

「片瀬が言うには、これから起こる地震と、電話局の爆破は無関係ではないと言うんだ」

下条は、無反応だった。

陣内もまた同様だった。

「自然現象をたくみに利用して、世の中を混乱に陥れることを得意とする連中がいるということなんだ。まあ、詳しくは片瀬の話を聞いてくれ」

松永は、片瀬の顔を見た。

片瀬はうなずいて、静かに『真津田』一族のことを話し始めた。

話は淀みがなく、筋道立っていて、きわめてわかりやすかった。

「なるほど」

下条は、さりげなく陣内の表情をうかがった。陣内は、肩をすくめて見せた。どういう意味なのか下条にはわからなかった。

「なかなかおもしろい話だった」

「おもしろい、という言葉を、好意的に受け取っていいのかい？」

松永が尋ねた。

下条はうなずいた。

「きわめて興味深い話だった、と言い直そう」

「まあ、その程度だろうな。俺もここまでの話を聞いたときには、それくらいにしか思わなかった。しかし、問題はこのあとだよ」

「……と、言うと？」

「真津田一族の目的さ」

「……聞こう」

片瀬は再び話し始めた。

「さきほども言ったように、真津田一族の本家筋は『荒真津田』家だけです。他に、いくつの真津田家に分家しているのかは、わかりません。そして、今回の犯人が、そのうちのどの真津田一族であるかもわかっていません。そのつもりで聞いてください」

下条は、先をうながすように、無言で片瀬を眺めていた。

「犯人グループの目的は服部宗十郎の後をそっくり受け継ぐことにあります」

下条は、背もたれからゆっくりと身を起こし、机の上で手の指を組んだ。

「服部宗十郎は、ワタリの民をも統率していたのです。服部宗十郎の権力は謎に包まれていました。実は、服部宗十郎の権力を支えていたのは、ワタリの民の末裔たちだったのです。そして、服部宗十郎亡きあと、真津田の血を引く何者かが、ワタリの民の頂点に立とうとしているのだと、僕は考えています」

「詳しく話してくれないか。……服部宗十郎の権力の秘密……。そして、服部宗十郎と、その真津田一族の関係のところを……」

下条は、まったく姿勢を変えぬまま言った。

片瀬は小さくうなずいた。

「ひとことで言えば、ワタリの民となったのは異民族による支配や、混血をこばんで、山岳地帯の奥深くへ逃げ込んだ日本の先住民族です。この場合の支配する側の異民族というのは、唐、百済など中国、朝鮮半島系の民族です。そして、先住民と言っても、単一民族ではありません。北方のモンゴロイドや南方の海洋民族をベースに、インド、ペルシア、ユダヤなどから少数民族が渡って来て、古代の日本は独特の複合文化を作っていたことが知られています。『荒服部』の祖、秦一族や、『荒真津田』一族も、そうした先住民グループのひとつです」

「両方とも、北インドに発生した部族だということだ」

松永が補足した。「なぜ、少数民族が日本に集まったかということは、海流や季節風のことを考えればすぐにわかる。はるか南洋から流れてくる黒潮は、犬吠埼沖あたりで、北方から来る親潮とぶつかる。一方、日本海でも、対馬海流とリマン海流がぶつかっている。つまり、日本は潮の吹きだまりみたいなところにあるわけだ。少数民族ゆえに大陸を追われ、海に出た人々は、やがて、日本に流れついてしまうわけだ」

片瀬はうなずいた。

「それで？」

下条は先をうながした。

片瀬は話を続けた。

「秦一族は、古代王朝時代にはいわゆる部の民として勢力を誇っていました。機織りを統括するだけでなく、朝廷の大蔵、内蔵の任にもついていました。さらに、先進の土木技術を駆使して、京都盆地を開拓し、都の誘致をします。そして、できたのが長岡京です。しかし、藤原氏が勢力をのばし、やがて実権を握るようになると、秦一族は、歴史から姿を消していきます」

「なぜなんだ？」

下条は、興味ないそぶりで尋ねた。結論を急がせたい、という口調だった。

「藤原氏は、唐の勢力を後ろ楯としていたのです。唐から見ると、秦一族は異民族です。

そのために、秦一族は被支配者の側に回りそうになるのです」

「しかし、そうはならなかった、と言うんだね」

「はい。皇室がさすがに黙っていなかったのです。秦一族は、被支配者となることをまぬがれ、皇室の精鋭部隊のような働きをするようになります。しかし、それは、唐の勢力をバックボーンとした藤原時代のことです。秦一族は、表立っては活動することはできません。したがって、影のように皇室に寄りそい、警護に当たることになったわけです。唐の勢力を基盤とした藤原体制の時代には、多くの先住民が、被支配者となったのは言うまでもありません。しかし、同時に、山に逃れた後にワタリと呼ばれる山岳民族になった人々も少なくありませんでした。秦一族も、分家を重ねていくうちに、多くは、そのように山へ入り、ワタリとなりました。皇室の精鋭部隊は、直系のみに限られていましたから。そして、真津田の一族も同様に、山に逃れた先住民でした。やがて、山に入った秦一族は、服部姓となっていきますが、ワタリのなかでも、一目置かれる存在だったのです。なぜなら、その本家が、皇室と深い関わりがあるということをワタリたちは知っていたからです」

「『荒服部』というのは、皇室と深い関わりがあった秦一族の直系で、君がその王を継ぐ血脈にある。服部宗十郎は、秦氏の血を濃く宿してはいるものの、傍系にすぎない

——確かそうだったね」

「はい」

「しかし、君と服部宗十郎の権力を比べると桁違いだ。君は何も持っていないし、服部宗十郎はすべてを持っていた——こう言ってもいいくらいだ。本来なら荒服部が、巨大な権力を握って然るべきじゃないのかね」

「服部家内部でのクーデターと考えてもらってけっこうです。直系の荒服部は、数では、分家の連合軍にとうていかないません。荒服部は、大陸から伝わった少数民族の血脈を何よりも尊いものと考え、それを絶やさぬために、都から落ちのびることになりました。そして、その約束された権力の座についたのが、服部宗十郎につながる服部家だったのです」

「約束された権力の座——?」

「ワタリの民は、欧米におけるフリーメイソンのような相互援助組織を長い歴史の間に作り上げていきます。近代化が進むと、山を降り、一般社会にとけこんでいくワタリの民が増えていきます。三代、一般社会に住むと、ワタリとは呼ばれなくなると言われています。しかし、完全に縁が切れるわけではなく、出産、吉凶などは、その地域のワタリの統率者に報告され、統率者は、相互援助組織にたくわえられている金から祝儀などを出すことになっています。そして、一般社会に降りた者たちは、その相互援助組織に必ず金をおさめなくてはなりません」

「講のようなものか？」

「そうです。それが近代になると、相互銀行設立、奨学金制度設定など、きわめて大規模になっていきます。現在は、スイス銀行の口座に莫大な金額があずけられていると言います。一般社会に降りたワタリの子どもたちは、その奨学金を得て、勉学に励みます。その子どもたちには、ワタリの民の期待がかけられます。したがって、一般社会に降りたワタリの子孫たちは、優秀であることを強いられるのです。そして社会の中枢に浸透していきます。このあたりも、フリーメイソンときわめて似通っていると言えるでしょう。ワタリの子孫たちは、国家公務員、地方公務員、学界、政界、財界にあまねく浸透し、絶えず連絡を取り合っていると言います」

「そして、地方ごとのワタリの統率者の大元締めが、服部宗十郎だったというわけか」

「はい」

「服部宗十郎亡きあと、その総元締めの座を真津田一族が狙っていると……」

「そうです。昭和二十七年に施行された『住民登録法』で、本来のワタリの民は激減しました。ワタリの民とは、本来、戸籍を持たない漂泊の誇り高い民族です。すべての権力に屈することなく生き続けているのです。民主主義の現代でも、国家によって統制されることを嫌って、山間で生き続けているのです」

「服部が死んだから、真津田が取って代わる……。そう簡単に行くものかね。その、日本のフリーメイソンが黙っていないのじゃないかね」

「一般社会に降りたワタリの子孫は、ワタリたちのことについては口出しできません。山に残るワタリのほうが格が上なのです。それは、彼らが、血の純粋さを何よりも尊んできたからでしょう」

「そうは言っても、自分たちの統率者が誰になるか、という問題だ」

片瀬はうなずいた。

「だから、真津田の一派は、このような示威行動に出ているのだと思います」

「メッセージのない示威行動……」

「一般社会に降りたワタリの子孫たちは、もう気づいていると思います。現に、この僕が気づいているのですから。そして、ワタリの子孫以外に、あと少なくともひとり、今回の示威行動の目的を知らされている人間がいるはずです。それでなければ、意味がない」

下条は、ゆっくりと陣内を見た。

陣内は半眼のまま肩をすくめ、のんびりとした口調で言った。

「なるほど……。内閣総理大臣ですね」

8

重苦しい沈黙だった。

四人は、身動きすることも忘れたようだった。

三人が、下条泰彦を見つめていた。

ようやく下条は、視線に気づいて、身じろぎをした。

「情報の提供を感謝する」

「言うことは、それだけかい？」

松永は言った。

「君たちが述べてくれたことは、後ほど分析・評価して対処するつもりだ」

「そんな暇があるのかい？」

「暇はない。しかし、それしか方法はない。今、聞いた話だけで、われわれが動き出すことはできない。今回の騒動が真津田一族とやらによるものかどうか——その根拠が聞けたとも思えない。証拠が必要なんだよ」

「こっちは切り札を持っているんだ」

「切り札？」

「忘れたのか？　片瀬が持っている葛野連（かどののむらじ）の宝剣だよ」

「葛野連の宝剣？」

それは、桓武（かんむ）天皇が親愛の情を込めて、秦一族に贈った、鉄製の諸刃（もろは）の形をした宝剣だった。

秦一族の血脈と、皇室に準ずる権限を保証する唯一のものだった。

下条は、その宝剣の持つ意味について、しばらく考えを巡らせていた。

「それが、どういう切り札になるんだね？」

「オールマイティーさ」

松永は答えてから、片瀬に説明をうながした。

片瀬が語り始めた。

「一般社会に降りたワタリの子孫は、自分がワタリと関わりがあることを絶対の秘密とする決まりになっています。ワタリの相互援助組織との関係も、絶対に口外しません。したがって、今回の騒動が真津田一族によるものだとして、それに気づいた者がいたとしても、一切口に出そうとしないでしょう。しかし、葛野連の宝剣を見せれば事情は変わってきます」

「なるほど」

下条はうなずいた。

「自分たちの頂点に立つべき血脈の証なのだからな」

「ワタリの人々は、諸刃の剣をウメガイと呼びます。そして、ウメガイは聖なるものとされています。その原型が、葛野連の宝剣だと言われています。ワタリの子孫で、葛野連の宝剣の意味を知らぬ者はないでしょう」

「しかし、どうやって、そのワタリとやらの子孫を探し出すんだね。自分たちがワタリの子孫であることは絶対に秘密なのだろう？」

「そこで、あんたたちの出番というわけだ」

松永が言った。

「わかりました」

陣内が松永をさえぎった。

「ワタリの子孫の多くは、政治家や国家公務員になっていると言いましたね。私たちが、葛野連の宝剣を持っている人物がいることを、それとなく噂として流す。それで動き出す人間をマークすればいいわけですね」

「さすがだね、陣内さん。そのあとは、すべて片瀬の領域だ。片瀬の血脈と、宝剣が何よりものを言う。片瀬は真津田の本家筋である『荒真津田』の長を探し出すというわけだ」

「危険ですね」

陣内が言った。

「危険？」

松永は陣内の顔を見る。

「いったい何がだ？」

「お話を聞いた限りでは、騒動を起こした真津田とやらの一派は、まだ片瀬さんの存在に気づいていない。葛野連の宝剣のありかを知らないということですね」

「そのとおりです。ワタリの民は、服部宗十郎が宝剣を持ち続けていたと信じているはずです」

「もし、われわれが、ワタリの末裔を発見するまえに、真津田の一派が、片瀬さんのことを知ったら……」

「僕を殺して『荒服部』の血脈を断ち、宝剣を奪い取ろうとするでしょうね」

「それを覚悟のうえで？」

「戦うことは、『荒服部』の血の宿命だ――服部宗十郎もそう言っていました」

「さて」

松永が言った。「そういうわけだ。手を組むのか。それとも、今までの話を笑い飛ばすか？　どっちだ」

陣内は、下条の顔色をうかがってから、松永に向かって言った。

「われわれが判断を下すのには、多少時間が必要のようです。あらためて、連絡をさしあげるということで、いかがでしょう」

松永は片瀬の顔を見た。

片瀬はうなずいた。

「いいだろう」

松永は言った。「だが、大混乱の時は迫っている。忘れないことだ」

松永は、片瀬をいざなって、部屋から出て行こうとした。

「お送りしますよ」

陣内が声をかけた。

「けっこう」

松永は陣内の申し出を断った。「幸い、まだ地下鉄や電車は動いているからね」

「待ってくれたまえ」

しばらく沈黙を守っていた下条は、ふたりを呼び止めた。

松永と片瀬は、同時に振り返った。

「意見を聞かせてほしいんだが」

下条は、片瀬の顔を見ていた。

片瀬が言った。

「電話局の爆破だが……。例えば、そのワタリの子孫が電話局に勤務していて、真津田一族の命令か依頼によって、手引きしたというようなことは、考えられるかね」

片瀬は、しばらく思案していたが、やがて、きっぱりと首を横に振った。

「一般社会に降りたワタリの子孫が、いかなる理由があるにせよ、犯罪行為の手伝いをすることは考えられません。真津田一族自らの手による犯行だと思います」

「しかし、電話局の洞道は、二十四時間、監視されているんだ……」

片瀬は、ほほえんだ。

「真津田一族にとっては簡単なことです」

彼は、下条のデスクに歩み寄った。

百円のコインをポケットから取り出し、デスクの上に投げ出した。小気味いい金属音が響いた。

下条は、不審げな表情で、片瀬の顔を見上げた。

片瀬は、その視線をとらえ、口のなかでぶつぶつと早口に何かつぶやいた。

「え……?」

下条は、聞き耳を立てるしぐさをした。

片瀬は、机上のコインをゆっくりと取り上げ、再び投げ出した。

小さな金属音――。

そのとたんに、下条の眼から光が失せていった。身動きがすべて止まっていた。死人のようだった。

放心した表情で、まっすぐ前を向いている。

陣内が尋ねた。

「何をしたんだ」

「ちょっとした、暗示です。今の下条さんは、何も見えないし、何も聞こえません。だけど、ちょっと見ると、ちゃんと起きているように見えるでしょう」

片瀬は陣内に、百円玉を放った。

陣内は辛うじてそれを受け止めた。

「今度、同じコインの音がするまで、下条さんは、そのままです」

松永と片瀬はドアをあけ、部屋を出て行った。

ドアが閉じると、陣内は、わずかに不気味そうな表情で、室長を観察していた。

やがて、彼は、てのひらの百円コインをしげしげと見つめ、それを、机の上に放り出した。

居眠りから醒めるように、下条は身じろぎした。

彼は、ドアのあたりを不思議そうに、じっと見つめ、続いて、陣内の顔に視線を移した。

切実に説明を求める目つきだった。

下条には、突然、松永と片瀬が消え失せたように感じられたのだ。

陣内はうなずいた。

「なるほど、これならどこへだって忍び込めるわけですね」

世田谷区成城八丁目にある水島邸には夕餉の仕度をするにおいが漂っていた。

人の心をなごませる、あたたかなにおいだ。

インドから帰ったばかりの静香にとってはことさらになつかしく、心安らぐかおりだった。日が沈みかけていた。

静香も台所に立ち、料理を手伝っている。

母の夕子が煮たきと味付けのすべてを担っていた。家政婦は、たくみな包丁さばきで、すばやく材料をきざんでいく。

日が傾いても気温はさがらなかった。台所には湯気がたちこめ、静香たちは額に汗を浮かべている。

静香は、母の指示を受け、立ち働いた。その間にも、さりげない母と娘の会話が交される。

中年の家政婦と、たわいのない噂話をしたりする。

彼女は、そんな瞬間瞬間に幸福感を咬みしめていた。

服部宗十郎が生きている頃——自分が特別の血を引いていることを知らされてからというもの、一度として感じたことのない安らぎだった。

水島静香は明るくなった。

彼女が家庭にもどることで、水島家全体が華やいだ雰囲気になった。

父の太一も母の夕子も、服部宗十郎のために、娘が何をやらされていたのか、詳しく訊こうとはしなかった。

片瀬直人とインドに滞在している間は、どんな生活をしていたのか——それすらも、ふたりは尋ねまいとしているようだった。

無事に娘が帰ってきた——それだけで充分だ。あとのことは忘れよう。太一と夕子はそういう結論に達したのだ。

彼らはそんな気持ちを静香に話してはいない。

だが、静香は充分に承知していた。

彼女は明るく振るまった。まるで、演技でもするように。

(私は本当に演技をしているのかもしれない)

静香は、ふとそう思ったことがある。

しかし、彼女にとって、今は演技であっても居心地のいい家庭を取りもどすことが必要だった。

そして、家庭にもどってからしばしば感じる幸福感は、本物だった。

インドにいた間も、彼女は確かに幸福だった。

秦一族――服部と続く血脈の祖となった、古代インドのアルハット一族。その血脈を、片瀬直人と同様にインドで守り続けている修行者、バクワン・タゴールのアーシュラム（道場）で、静香は片瀬とともに寝起きしていた。

ふたりは、そこで初めて、男女として結ばれたのだった。

どちらからともなく互いが求め合い、溶けるように自然に結ばれていた。

インドでは、片瀬とともに、バクワン・タゴールの伝える拳法技を学び、夜は、アルハット一族の伝説を聞いた。

片瀬の武術は、すでにバクワン・タゴールと同じレベルに達していた。年老いた修行者と二十歳の若者は、全く同等の武芸者として語り合っていた。

静香はその様子を楽しげに眺めていた。

夢のような日々だった。しかし、彼女は、その現実感のなさに、少しずつ恐れを抱くようになっていた。

明確な恐れではない。何かやり残してきたことがあるような、形を成さない不安感だった。

片瀬は、すぐにそのことに気づいた。

片瀬が「帰国しよう」と言い出してくれたのだった。

バクワン・タゴールと再会を約束して、ふたりは日本へもどった。

静香は、成田空港へ降りたとたん、夢が終わるときの殺伐とした胸のなかのざらつきと、安堵(あんど)感とを同時に感じていた。

「やっぱりだめですわ、奥さま。電話、まったく音がしてませんわ」

酒屋へ電話してみようと、居間へ行った家政婦が言った。

「そりゃそうですよ」

服部宗十郎の末娘、水島夕子は、おだやかにほほえんだ。「前回の世田谷電話局のときだって、復旧には十日もかかったんですからね」

静香にとっては、片瀬直人に連絡が取れないのが何よりもつらかった。

中学・高校時代を通じて、静香は冷やかな美少女だった。

あまりの美しさに、周囲がかえって敬遠してしまい、ほとんど男性と交際したことがなかった。

そんな環境のせいもあり、確かに自分のなかに、おごりたかぶる気持ちがあったことを静香は認めている。

はるかな高嶺(たかね)にある花にも、何とか手を伸ばそうとする者は必ずいる。

時折、交際を申し込む電話がかかってくるのだった。

近隣の高校は言うにおよばず、時には、横浜の高校生や、大学生からも電話をもらったことがある。

もちろん、ほとんどが顔を見たこともない男性からの電話だった。

当時から、静香にとって、電話はうとましいものでしかなかった。

はにかみ、言い淀(よど)みながら、何とか話をつくろって時間をかせごうとする、顔も知らぬ男の声――高校生の静香は、嫌悪感すら感じていた。

彼女が変わったのは、間違いなく片瀬直人に出会ってからだった。

服部家の命令で、スパイとして近づいた彼女だったが、誇張ではなく、接したとたんに、今までの生きざまをひっくり返されたような気がした。

彼女は、自然のうちに謙虚さを学んでいった。

大学では、静香が片瀬と付き合っているということは、誰でも知っていた。美しいカップルは、キャンパスのなかで、人目を引いた。

その頃から、静香にとって、電話は片瀬の声を聞くためのロマンチックな小道具に変化していったのだった。

（今夜は、片瀬さんに手紙を書こう）

料理の盛りつけをしながら、彼女はそう考えていた。


「今夜は、うちに泊まれ。いいだろう」

松永は、地下鉄の国会議事堂前駅に着くと片瀬に言った。「今夜のうちにも、下条たちに何か動きがあるかもしれん。いっしょにいたほうがいいと思う。インドでの話も詳しく聞きたいし……」

「宝剣が気になるんです。うちに置いてきてしまいましたから……。地震はいつ起こるかわかりません。もし交通が麻痺（まひ）してしまったら、取りに帰れなくなるおそれがあります」

松永は、しばし考えてから言った。

「だいじょうぶだ。いざとなったら、また陣内にヘリを出させればいい。あんたは、VIPも同然なんだからな。まだ市川に住んでいるのか？」

「はい」

「市川に帰ってしまって、身動きが取れなくなっちまうほうがまずいとは思わないか？俺のマンションにいたほうが、交通の手段は多い」

片瀬はようやくうなずいた。

「わかりました。そうさせていただきます」

「そうと決まったら、ちょっと付き合ってほしいところがあるんだが」

「どこですか」

「あんたにとってもなつかしいところだと思うよ。俺が通っている空手の道場だ。ここんところ、おもしろくない仕事が続いたんでな。ちょっと汗を流したいんだ」

ふたりは、地下鉄千代田線に乗った。表参道で銀座線に乗り替えて渋谷へ出ると、すでに日が落ちていた。

松永の通う支部道場には、二人の黒帯と、三人の茶帯がいて、技のかけ合いをやっていた。攻め手をどちらかに決めて、技のタイミングを練習しているのだ。約束組手と自由一本組手の中間にあたる練習だ。

指導士による稽古(けいこ)が始まるまでにはまだ間があるため、彼らは自主トレーニングに道場を使っているのだった。

松永は、更衣室に干してあった道衣に着替えて、体をほぐした。

片瀬は、稽古をする連中をじっと見つめていた。

充分にストレッチをした松永は、黒帯のひとりに声をかけた。

「軽く組手の相手をたのむ」

「軽くだぞ!」

頭髪を短く刈った、精悍(せいかん)な黒帯は、松永を睨んで言った。「おまえさんに本気を出されると、こちらは体がいくつあっても足りやしない」

ふたりは、向かい合って、礼をした。

短髪の見るからに敏捷(びんしょう)そうな黒帯は、低く安定した構えをとって、太い気合を発した。

松永は、スタンスをせまく取り、わずかに膝(ひざ)を曲げただけだった。

両手は開いたまま、胸のあたりにかかげている。

相手の黒帯は、すばらしいスピードのワンツーを打ち込んできた。

試合でなら、充分に技ありを取れる疾(はや)さだった。

松永は、ほとんど動かずそれを、左手で受け流した。

再び間合いを取って、向かい合う。

松永が前足を、すべるように進めた。

無造作に、前に出たように見えた。

とたんに、相手は前蹴(まえげ)り、左拳、右拳の連続技を繰り出してきた。三つの技が一秒以内に放たれた。

しかし、最初の前蹴りの瞬間に、松永の体はくるりと移動して、相手の脇にぴたりと寄っていた。

相手は、あわてて、裏拳を飛ばしてきた。

松永は、わずかに身を沈めてそれをかわす。

その隙に、相手の黒帯は、飛び退いて間合いを取った。

松永は、左肩をやや前に、はすに構えていた。ほとんど棒立ちの状態だった。両腕も、脱力して下げたままだ。

だが、全身にくまなく意識をゆきわたらせ、相手の攻撃にそなえているのが、手の指先の小刻みな動きでわかる。

相手の黒帯は、松永の膝のあたりを狙う右の回し蹴りから入ってきて、右左のワンツー、そして、頭部への高い左回し蹴りという攻撃を見せた。パターン化された連続技だった。

昼間戦った空手家くずれの動きと、ほぼ同じだった。

松永は、左のてのひらを軽くそよがせ、右へ左へと円を描く足さばきでかわしていった。

だが相手の黒帯は、左の高い回し蹴りが不発に終わると見るや、そのまま、くるりと松永に背を向けて、左足で床を蹴った。うなりを上げて右足が飛んで来る。

飛び後ろ回し蹴りを間髪いれず放ったのだった。

松永の体が沈んだ。一転して疾い動きを見せた。

松永は、相手の右足をくぐり、右手の袖をつかんだ。袖を回すように引くと同時に、掌底で胸のあたりを突く。

相手は、あっけなく床に倒れた。

松永が一歩後退する。

黒帯は、はね起きた。

向かい合うと同時に、今度は松永が攻撃に転じた。

深く前進し、左手で相手の足を叩く。

相手は、意表をつかれて、一瞬、腰を浮かせた。

その瞬間に、松永はクロールで水をかくように左手を振り、相手の胸を打った。相手は、振り回されるように、横に足を踏み出そうとした。そこに、松永の左足があった。

相手は、足を払われる形になって、腰から床に落ちた。

彼は、あっけに取られた顔つきで、松永を見上げていた。

松永は、笑いを浮かべて、手をさしのべた。

彼は、突き、蹴りを一度も使わずに、黒帯を制圧してしまったのだった。

松永に引き起こされた黒帯の男は言った。

「まいったなあ……。ずいぶん変わったね、おまえの組手」

「殴る蹴るだけが空手じゃないと思ってな」

「松永の言葉とも思えない。がんがんと、突き、蹴りで攻めまくる組手を得意としていたのに……」

「いい運動になった」

松永は、相手の肩をぽんと叩いた。「ありがとう」

松永は、じっと組手を見学していた片瀬に歩み寄った。

「さて、夕めしを食いに行こうか」

片瀬は、かすかにほほえんだ。柔らかな表情だった。

「その前に、僕の相手もしてもらえますか」

9

松永は片瀬の申し出に心底驚いた。

片瀬は、涼しげな微笑を浮かべて、松永の表情を眺めている。

「使い古しの道衣があるはずだ。着替えるといい」

松永は、更衣室に向かった。片瀬がそのあとに続いた。

あちらこちらがほつれた道衣を着て、白帯を締めた片瀬は、道場の正面に向かって一礼してから、松永と向かい合った。

おそらく片瀬が空手の道衣を身につけるのは初めてだろうと松永は思った。にもかかわらずその姿は、まるで道衣が片瀬のためにあつらえられたもののようにさまになっていた。

松永は、かつて、江戸川べりで片瀬を闇討ちしたことがあるのを思い出していた。

ふたりの心が通い合うまえのことだ。

そのとき、松永は、まるで赤児(あかご)のようにあしらわれたのだった。

松永は、うかつに動けなかった。

片瀬の手足は、たった一撃で敵を葬り去る威力を秘めた武器であることを充分に知っていた。

自分から攻撃に出た瞬間に、技を決められるのは目に見えていた。

だからと言って、片瀬の攻撃をかわす自信はなかった。

松永は、拳を握り、ふところを深く取った。膝を折り、深く構える。

片瀬は、松永に対して左足を前に、はすに立っていた。

どちらかが動かなければ何も始まらない——松永は考えた。——どうせかなうはずはないんだ——。

彼は、じりじりと間合いをつめた。

片瀬は動かない。

飛び込めば、拳がとどく間合いだった。

さらに松永は間合いをつめていった。すでに、両者とも技を出せば確実に決まる間合いだった。

松永は意表をついて、順蹴りを放った。

通常は、後方にある足を蹴り出す。だが、松永は、予備動作なしに、前方にある足を片瀬の脇腹に飛ばしたのだった。

片瀬の髪がわずかに揺れた。

体がそれほど移動したようには見えなかった。

だが、松永の順蹴りは空を切っていた。

蹴りを引くや否や、松永は、自分の腰を片瀬にぶつけるように身を投げ出した。

そのまま、両足で片瀬をはさみつけて床に倒すつもりだった。

片瀬は、舞うように一度背を向けて、くるりとターンした。

松永の体だけが床に投げ出されていた。

松永は、倒れた姿勢のまま、右足を振り上げた。回し蹴りの変型だ。

片瀬は、ふわりと後退して、松永の蹴りをやりすごした。

松永は、はね起きて、一気に間をつめて、左右の拳を続けざまに繰り出した。

片瀬に手かげんする必要はなかった。彼は、正拳のストレートだけではなく、フック、アッパーなど、トリッキーな拳も織り混ぜて続けざまに攻撃した。

拳を二本出しては、鋭く疾い蹴りを一本出すといったコンビネーションを多用した。

片瀬がかわしきれなくなるまで、連続して手足を出すつもりだった。

ついに片瀬が手を出した。

松永の右正拳ストレートを、受けたのだった。

松永は、右手をはじかれたと思った瞬間、バランスを崩していた。

受けた片瀬の手が、瞬時のうちに翻って松永の右手を巻き込んだのだった。

松永の体は宙に浮いた。

どこにも痛みは感じなかった。

松永は、自分の周囲だけ重力が消失したような奇妙な感覚を味わった。

片瀬は、松永の右手だけを取って投げ技をかけたのだった。高度な関節技だった。

松永は、咄嗟に受け身を取って立ち上がった。

すぐ目の前に片瀬がいた。

松永は恐怖にかられ、思わず右の拳を、片瀬の顔面めがけて突き出していた。

からまるように片瀬の手がその突きにかぶさった。

片瀬の親指が、松永の前腕の一点を強く押していた。

松永は、うめいた。

右腕に、電撃を受けたようにしびれが走った。次の瞬間、右腕は、完全に脱力していた。

松永は、ショックのあまり、両膝をついた。

片瀬は、松永を支えた。

松永は、片瀬の顔を見上げた。

「腕が……」

片瀬は、柔らかな微笑を見せた。

「麻穴(まけつ)を突きました。だいじょうぶ。すぐにもとにもどります」

自主トレーニングをしていた稽古生たちが、息を呑んでふたりを見つめていた。


「二日目の夜が来る」

下条泰彦が、椅子の背もたれにぐったりと体をあずけてつぶやいた。

机の上は次々と舞い込む報告書が山積みされ、散らばっていた。

ふと彼は、抗(あらが)いがたい無力感を感じて、報告書の束をすべて、机の右端に押しやった。

何冊かのファイルが床に落ちたが、下条は放っておいた。

NTTは、着々と作業を進めていた。

しかし、工事は複雑をきわめたもので、作業の効果が現れ始めるまでには、まだまだ日数が必要だった。

警察機構と公安調査庁は、緊急措置のかいもあって、足並みがそろい始めていた。

しかし、自衛隊はあいかわらず不気味な沈黙を守り続けている。

緊急措置の組織図上、下条泰彦は、自衛隊にだけは口を出せないことになっていた。自分は精一杯やっている——下条は、目頭をこすって、心のなかで独語してみた。警察機構には、これ以上の異常事態が起きないように、厳戒体制を敷かせている。警察庁は、全国各地から、三万人におよぶ警官を首都圏に召集している。警視庁公安部と、公安調査庁は、協力して過激派の監視を続けていた。警視庁公安部は、アジトのいくつかに対し、家宅捜索を強行していた。

警視庁の警備部は、吐き出せるだけの機動隊員を交代で街に送り出していた。

刑事部は、捜査に全力を挙げていた。

にもかかわらず、何も動き出さなかった。

事態は好転しようとしない。

犯人は手がかりらしいものをほとんど残していない。これまでの過激派の手口とは、明らかに異なっている。

警察機構、さらには行政機構を嘲笑(あざわら)っているかのように見える。おそろしい力を持っていながら、そのすべてを見せようとせずに、ほんの手なぐさみという気楽さで大都会東京を混乱に陥れた姿のないゲリラたち——その凶悪な嘲笑(ちょうしょう)の幻影が、下条の頭にちらつき始めた。

彼は、静かに正面のドアのあたりを見つめていた。

これしきの非常事態で音を上げる男ではなかった。

しかし、彼はいら立っていた。

片瀬直人が言ったひとことが気になってしかたがなかった。

「ゲリラたちの目的を、総理大臣も知っているはずだ」

片瀬直人は、そのような意味のことを断定的に言ってのけた。

下条にその事実を確かめる術はなかった。

もし、片瀬の言うことが本当だとしたら、どうして首相は自分にそのことを伝えてくれないのだろうか。緊急措置の事実上の責任者であるこの下条泰彦に——その疑問が、下条の気をそいでいるのだった。

ノックの音がした。

返事を待たずにドアが開いた。

陣内のいつもの登場のしかただった。

陣内は、またしても報告書の束をたずさえていた。

彼はドアを閉じると、すぐさま報告を始めた。

「あと三日で、専用回線が全面復旧する見込みです。一般の加入電話については、まだまだ日数が必要ですが……」

「悪くない知らせだ。初めて希望が持てる報告を聞いたような気がする」

「皇宮警察が動き出しました」

「皇宮警察……？」

「はい。警察庁から連絡が入りました」

皇宮警察は、皇族の護衛と皇居および御所の警備を任務としている。行政機構図上は、警察庁の命令系統下にあるが、それだけで独立している特別な警察組織だった。

「他の行政組織に対する要求は？」

「今のところは何も……」

「ふたつめの、いい知らせだ。皇居は、皇宮警察で手が足りているということだからな」

「警視庁公安一課、公安調査庁が、主な過激派とボス交を開始しました」

「ようし……」

下条は、背中を背もたれから引きはがし、身を乗り出した。「警察官僚たちの政治力がどれほどのものか、話し合いの内容を聞こうじゃないか」

「過激派と呼ばれる極左団体十三について、極秘で会談を申し入れました。会談に応じたのは十団体。うち、八団体とは、直接行動に出ないで事態を静観するという密約が取れました」

「少なくとも、そいつらの監視はゆるめられるわけだ。人員のやりくりが多少は楽になる」

「その八団体は、年々規模の縮小を余儀なくされています。ここで、殺気立った警察当局とやり合っても得はないと判断したのでしょう」

「信じていいのかな？」

「今後のこともありますしね。密約は守られるでしょう」

「会談に応じたのは十団体……。残りの二団体は？」

「条件つきです。これだけの好機に何の行動も起こさないとなると、構成員たちの、幹部に対する信頼が問題になるというのです。二団体は、ゲリラの支援活動に出ることを強く主張しました。そこで、当局側は、条件をつけました。一般市民を決して巻き込まず、今後へ悪影響が長期にわたって残ることのないような、単発的な直接行動なら認めよう、と……」

「機動隊とのこぜり合いといったところか」

「その程度のものでしょうね」

「まあ、しかたがない。会談に応じなかった三団体はどんな様子なんだ？」

「内通者からの報告によると、内部でも意見がそうとうに分かれているようですね。しかし、何かやってくると見ておいたほうがいいでしょう」

「手製ロケット弾や火炎放射トラックも出てくるかもしれんな」

陣内は、詳細が書かれたファイルを、下条の机の上に置いた。

「その程度のことなら、どうにでもなります。私が心配しているのは、それらの騒ぎが大地震と重なり合ったときの、人心の混乱です。東京都民にとっては、経験したことのない大騒ぎとなるでしょうからね」

「君は、あくまで大地震は起こると考えているのだね」

「そう考えて対策を練っておかなければなりません」

「消防庁に連絡を取ってくれ。室員のひとりを専従で付かせて、常に連絡が取り合える体制を作っておいてくれ」

「消防庁に、地震の話は伝えますか?」

しばし思案してから下条は言った。

「伝えてくれ。しかし、くれぐれもマスコミに洩れたりすることのないよう厳重に言い渡してくれ。今、パニックが起きたら、手がつけられん」

「わかりました」

下条は、机の上で手の指を組み、声を落とした。

重要なことを話すときの彼の癖だった。

「ところで、陣内……。片瀬直人の話だが、どう思う?」

「室長が本気でゲリラを逮捕、もしくは殲滅したいとお考えなら、真剣に検討してみるべきだと思いますね」

「持って回ったような言いかただ。君がそういう口振りでしゃべるときは、必ず何かを考えているときだ」

「ささやかな疑問です」

下条は、小さく何度もうなずいて、溜息をついた。

「総理がゲリラの正体や目的を知っているとしたら、なぜ私たちに話してくれないのか――」

「そういうことです」

「私もそのことは考えた。しかし、総理は何も知らないのかもしれん。総理がゲリラの正体や目的を知っているという片瀬の発言には何の根拠もない」

「どうでしょうね。犯人は、電話局を爆破して以来、まったくの沈黙を守っています。警察、マスコミにも声明文らしいものは送られてきていません。これでは、何のための犯行だか誰にもわからない。しかし、総理がその目的と正体を知っているとなると、これは、明らかに、政治的目的を持った示威行動ということになってきます」

「犯人の正体だが……。片瀬の話を信じるかね?」

「以前から思っていたことなのですが……」

陣内はあらたまった口調で話し出した。「確かに私たちは、服部宗十郎とその息子たちを倒しました。強敵でしたが、どうにかやってのけたのです。しかし、それが、どれほどの意味があったのだろうか、と……」

「政治はパワーゲームだ。そして、そのゲームを操る人間は、決して跡を絶たない。服部宗十郎を倒しても、必ず彼に取って代わろうという人物が現れると、君は言いたいのだな」

「山を渡り歩く山岳民族と、里に出て一般人のなかに融け込んだ彼らの子孫が、フリーメイソンのような秘密結社を築いているという話は、以前にも聞いたことがあります。片瀬直人の話は、あながち荒唐無稽(こうとうむけい)とも言えないのです」

「もう一度、松永や片瀬と手を組むべきだと……」

陣内は肩をすぼめて見せた。

「そうして悪い理由はありません。今のわれわれは、どんな手でも打ちたいのですから」

「なるほど……」

「しかし、片瀬直人と組むとしたら、慎重にやらねばなりません」

「わかっている。総理がもし何もかも知っていてわれわれに伝えていないのだとしたら、何か考えがあってのことだろうからな。総理には、まだ知らんぷりを決め込んでいたほうがいい」

「それと、いつでも片瀬と袂を分かって手を引ける状態でいなければなりません。さもないと……」

「さもないと？」

「荒服部の王と、真津田一族の戦いに、日本国政府が巻き込まれることになります」

松永のマンションで、ふたりは酒をくみかわしていた。

ダイニング・キッチンよりも、ベッドを置いてある部屋のほうが居心地がよく、松永と片瀬は、カーペットの上に腰を降ろして、ウイスキーのグラスを傾けていた。

松永は、片瀬の人柄がずいぶんと柔軟になったことに気づいていた。

かつては、病的なくらいに禁欲主義を貫いていたのだ。

松永は、片瀬といっしょに酒が呑めるなどとは考えたこともなかった。酒が作り出す、心地よい弛緩状態は、片瀬とは無縁のものに思えたものだった。

片瀬も、松永の変化を悟っていた。

松永の眼から、飢えたのら犬のようなにごりが消えていた。

片瀬は、松永が自暴自棄の生活から抜け出したことを知った。

「酒はおさえておいたほうがいいな」

松永が、自分に言い聞かせるように言った。

「大地震が来たときに、酔いつぶれていたんじゃさまにならんからな」

「今夜はまだ、だいじょうぶのような気がします」

「酒のせいで気が大きくなっているからじゃないのかい」

片瀬はかすかに笑った。

「そうかもしれません」

「ところで、さっきは驚いたよ」

「何がですか？」

「空手の道場でさ……。あんた、自分が武術を身につけているということを、絶対に他人のまえでは見せないんじゃなかったのか」

「確かに秘密にしていました。自分の拳法に誇りが持てない時期には――」

「インドのバクワン・タゴールのところで気が変わったというわけか？」

片瀬は、わずかの間、考えてから言った。

「確かに、バクワン・タゴールのアーシュラムでの生活は、ひとつのきっかけになりました。僕たちは、いろいろなことを話し合いました。僕はまた多くのことを学ぶことになったのです。タゴール師は、僕の拳法についてこう言いました。間違いなく釈迦が身につけていたのと同じ、聖なる拳法の系譜にあるものだと」

「聖なる拳法ね……」

松永は、グラスを回して、氷を鳴らした。「拳法といえば、要するに素手で敵を打ちのめすための武道だ。それに聖も邪悪もないんじゃないのか？　拳法技は、ただの技術の体系だ。聖となるか、邪となるかは、使う人間しだいだと思うがね」

「僕もそう考えていたのです。しかし、技術に人間が規定されるということもあるのです」

「どういう意味だ？」

「空手を例に取りましょうか。空手にもいろいろな流派があり、しかも、同一流派内でも師範の性格や考えかたによって、教えの内容が変わってきます」

「そうだろうな。事実、空手の世界は、さまざまな主義主張が入り乱れて、揺れ動いている」

「例えば、殴る蹴るしか教わらなかった人がいたとします。その人は、敵を見たときに、いかにして、敵を傷つけるかを考えるでしょう。相手の前歯を折り、眼をつぶし、骨をくだく——それしか方法を知らないのですから。一方、受け技を重点に学んだ人がいるとします。その人は、敵を見たときに、どうやって敵の攻撃をかわすかを考えるでしょう。熟達した人なら、いかに相手のありあまる力を逆手に取って、敵の戦意を失わせるかを考えるでしょう。身についた技術というのは、それほど人間の行動に影響をもたらすものです」

「どうもぴんとこないな……」

「そうでしょうか？」

「なんだ……。どういう意味だ？」

「松永さんが、さっき見せてくれた組手です。松永さんは、相手にダメージを負わせることなく、敗北を知らしめました」

「あんたの影響さ。突きや蹴りで相手をたたきのめすってのが、どうもおとなげないような気がしてきてね。しかし、あれはあくまで道場のなかでの話だ。相手が死ぬ気でかかってきたら、俺だってあんな余裕を見せていられないだろう。やっぱり、一刻も早く敵をぶちのめすことを考えるだろうな」

片瀬はほほえんだ。

「たとえ、道場のなかだけの試みであっても、松永さんの考え方は正しいと、僕はあのとき思いました。だからこそ、僕の技をあらためて松永さんに披露しようという気になったのです」

「確かに、突きや蹴りの応酬より、高度な力量が必要だ。それはここのところずいぶんと研究をしたからわかるつもりだが、聖なる拳法という話になると、ちょっと素直にうなずけない感じがするな」

「そのうちに理解していただけるチャンスがやってくるかもしれません。ただ、聖なる拳法と同時に、邪悪な力に支配された拳法もあるということも知っておいてください」

「邪悪な拳法……」

片瀬は静かにうなずいた。

松永は、その表情に神秘の影がさすのを見た。

10

夜がふけるにつれて、国鉄沿線の警備は増強されていった。

長い棒をたずさえた機動隊員と一般警官が高架の線路わきに、約五十メートル間隔で立っている。

カメラマンの佐田は、山手線に乗り、何周もしながら、沿線をつぶさに観察していた。

肩にさげたバッグのなかには、コダックのハイスピード・インフラレッドを仕込んだ愛用のニコンと、赤外線ストロボが収められていた。

新大久保から、高田馬場に向かう途中、機動隊員が、トランシーバーで、短い言葉を交(かわ)しているのが眼に留まった。

一九八五年十一月二十九日に起きた、ケーブル切断、火炎びん放火などのゲリラ事件は、東京で十六件、全国で三十三件におよんだ。

今回、同様のたくらみを持つ者がいるとしたら、やはり、複数の地点で同時に行動を起こすにちがいないと佐田は読んでいた。

そのどこかに出くわせばいいと考えていた。うまくすれば、犯人の姿をフィルムに収めることができる。

だめでもともとという気分だった。

その気楽さが、余分な心理的圧迫を取りのぞき、彼の勘を十二分に働かせていた。

長年フリーランスのカメラマンとして培ってきた彼の嗅覚は鋭かった。

佐田は、警官たちの動きに注意を払っていた。

異変があって、まっさきに動き出すのは、ほかでもない警官たちのはずだ。

(こいつは、一発当てるまたとないチャンスだ)

佐田は、出入口脇のポールにもたれて、車窓の外を凝視しながら、そう心のなかでつぶやいていた。(逃がしてなるもんか)

深夜零時五分。

電話のベルが鳴った。

片瀬と松永は、一瞬顔を見合わせた。

松永は、あぐらをかいたまま手を伸ばし、受話器を取った。

「ほう……」

松永は、意味ありげな笑いを浮かべて片瀬を見た。

「室長じきじきにお電話をくださるとは……」

受話器のむこうで、下条は言った。感情のない事務的な口調だった。

「君たちの提案を受け入れることにした」

松永は片瀬にうなずいて見せた。

「賢明な決断だ」

「だが、立場上、私が表立って動くことはできない。君たちとの共同作業については、一切が記録されない」

「首相の顔色をうかがったというわけか」

「総理にも、君たちのことは報告しない」

「なるほど……」

「君たちの協力には感謝する。だが、残念ながら、司法・行政諸機関が君たちを援助することはできない」

「はなっからそんなもん期待してないさ」

「君たちとの連絡には、陣内平吉が当たる。これから教える番号に電話すれば、連絡担当官が、二十四時間いつでも陣内平吉を探し出して直接話ができるよう手はずをととのえることになっている」

下条は、一度だけ番号を言った。

松永は、投げ出してあった新聞の余白に、素早くメモした。

「これから、われわれは、君たちの提案どおりに、片瀬くんが持つ宝剣の噂を、政府内に密かに流し始める」

「内閣調査室の本領発揮というところだな」

「よしてくれないか」

初めて下条の声に感情がこもった。いかにもうんざりしたといった口調だった。

「世間では、私たちのことをスパイ組織みたいに思っているがね、本当のところ、単なる調査と連絡業務を専門とする組織に過ぎない」

「俺にそれを信じろと言うのか？　服部宗十郎の件はまだ忘れたわけじゃないんだ。忘れたくても頭からはなれないのさ」

「どう考えようと、そちらのご自由だがね……。あとのことは、陣内平吉に任せてある」

電話は切れた。

松永は、受話器をもどすと、片瀬に向き直った。

「下条と陣内が動き出した」

片瀬はうなずいてから、ふと淋しそうな光を眼に浮かべた。

「松永さんに相談してよかったと思っています。僕ひとりだったら、とても内閣調査室の室長と渡り合うことなどできなかったでしょう」

「俺だって自信があったわけじゃない。服部宗十郎の一件がからんできたんで、話を持って行くのは、あそこしかないと咄嗟（とっさ）に思っただけだ」

「ありがとうございました」

「ちょっと待て――」

松永は、片瀬を鋭く見つめた。「ここで手を引けと言い出すんじゃないだろうな」

「当然です。陣内さんも言ってたように、葛野連の宝剣を僕が持っているという噂が、真津田のゲリラの耳に入ったら、彼らは黙っていません」

「あんたの身が危ないというわけだ」

「当然、僕と行動をともにしていたら、松永さんの命もあやうくなってきます」

「今さら、そんなことは聞きたくないね。服部宗十郎を倒すときに、一度は投げ出した命だ」

「一銭にもならないことには、手を出さない主義だったんじゃないのですか」

「ちょっとした宗旨変えだ。よくあることだろう。俺は、あんたといっしょに戦ったあのときに生き返ったんだ。それまでは、死んだも同じ生活だったんだ。そして、今また、俺は、生きている証を見つけた気分なんだ」

酒気が松永を煽っていた。

片瀬は静かな眼差しで、松永を見ていた。

「あんたのためじゃない。俺自身のためにやるんだ」

長い沈黙。

やがて片瀬が言った。

「わかりました。あらためてお願いすることにします。手を貸してください」

松永は心底うれしそうに笑った。

「ついては、ひとつ、俺のほうからもたのみがある」

「何でしょう」

「あんたの拳法を、俺にも教えてほしい」

深夜、電車が終わってからは、歩き回るしかなかった。佐田和夫は、遠まきに山手線の周囲を歩き続けた。

あまり線路に近づくわけにはいかなかった。

すぐさま職務質問されてしまうだろうし、うまく申し開きができなかったりしたら、そのまま留置されるおそれもあった。

警官たちはそれほど緊張と興奮を露わにしていた。

時折、機動隊員が重い足音をたてて駆けていく。そのたびに佐田は、期待のこもった眼を向けたが、まだ事件が起こった様子はなかった。

佐田は、たまたま遅くまで飲んでいて帰宅が遅れた者のように、少し急ぎ足で歩き続けた。

決して立ち止まらなかった。警官の眼はきびしい。どこで彼を見ているかわからないのだ。

彼は、駅前を通り、住宅街の細い路地を進んだ。線路わきの道ではなく、一本離れた道を歩いて、警官たちの様子に耳をそばだてていた。

終電を降りてから、一時間以上も歩き通しだった。

若いころに、山岳写真の撮影のため、山道を歩き回った一時期があった。そのおかげで、彼は足腰には自信があった。しかし、さすがに疲れ始めていた。

何度も自宅へ帰って酒でもあおりたいと思った。

しかし、必ず何かが起こるという彼の勘がそれをおしとどめていた。

彼は、上野から池袋を回り、新宿を目指して歩いていた。

前回の事件の際、上野から品川方向、新宿までの間——つまり山手線の南半周では一切ゲリラ活動が行なわれていない。

なぜかは佐田にもわからなかった。

詳しく調べている時間がなかったのだ。

上野、東京、そして品川にかけての区間は、駅の間隔がせまく、しかも国鉄の高架が繁華街のすぐそばを通過している。そのため、線路に侵入しづらいのかもしれないと佐田は思った。

あるいは、まったく別の、犯人グループ側の事情があったのかもしれない。

しかし、前回の犯人グループは、綿密に事前調査をしていたというから、やはり、犯行現場は、あらゆる面から見て破壊作業がやりやすい場所だったのだろうと、佐田は考えた。

とすれば、今回もまえの犯行現場の周辺のほうが、ゲリラに遭遇するチャンスは大きいのではないか——それが佐田の結論だった。

いつしか、目白駅を過ぎていた。

高田馬場が近づいてくる。

ふと、佐田は、いくつかの足音を聞いた。

固い革靴で、駆ける音だった。

何事か叫び交している声も聞こえる。

疲れ果てていたはずの佐田の体に、みるみる精気がよみがえった。

間違いなく警官たちが駆けて行くのだ。

佐田も、夜闇のなかを走った。

躍(おど)るバッグのなかから、赤外線ストロボのついたカメラを取り出す。

佐田は大声を出して躍り上がりたい気分だった。

右手に学校らしい建物が見えてきた。中学校のようだった。

左手側が国鉄の線路だった。約五十メートルの距離がある。

佐田は、中学校の塀に身を隠して様子をうかがった。

警官ふたりが地面に倒れていた。

駆けつけた機動隊員が、倒れている警官の様子を見て、トランシーバーで何事か報告をしていた。

倒れていた警官たちはじきに起き上がり、しきりに首を振っていた。

もうひとりの警官は、あたりをしきりに見回している。

佐田は、線路と反対の方向に駆け出し、中学校をぐるりと回った。

人の駆けてくる気配があった。

軽い足音だった。明らかに警官の足音ではなかった。

塀の角にうずくまるようにして身を隠した佐田は、反射的にカメラを構えた。

ふたつの人影が前方の路地を駆け抜けて行こうとした。

佐田はシャッターを切った。

赤外線ストロボが見えない光を発する。

人影は立ち止まって、佐田のほうを向いた。

佐田は夢中でシャッターを切り続けた。何度フィルムを巻き上げ、シャッターボタンを押したかは覚えていない。

佐田は立ち上がるとふたつの人影に背を向けて逃げ出した。

ふたつの人影は、佐田を追い始めた。

佐田は、振り返って喉（のど）を絞め上げられるような恐怖を感じた。そのふたりがゲリラであるのは、疑いようもなかった。写真を撮られたことに気づき、自分を追ってくるのが何よりの証だと佐田は思った。

つかまったら、確実に殺される——佐田はそう判断して、闇雲に走った。

ふたつの影は、上体をほとんど揺らすことなく、地を滑るように佐田を追った。

差はどんどん縮まっていく。

悪夢の感覚が佐田を捉（とら）えていた。

全身を汗が濡（ぬ）らした。さらに冷たい汗が噴き出してくる。彼は、大きく目をむき、口をあけて、あえぐように駆け続けた。

突然、目のまえの角から、別のふたつの影が飛び出した。

佐田は、思わず驚愕の悲鳴を上げていた。

一瞬、ゲリラの仲間かと思った。

しかし、新たなふたつの影は、手にした懐中電灯で佐田とふたりのゲリラを照らし、居丈高に叫んだ。

「止まれ！」

目のまえに現れたのは警官だった。

佐田は、その場で地面にへたり込んだ。

彼が膝を折って腰をアスファルトについたその瞬間、頭の上に風が起こった。

ゲリラのひとりが、佐田の頭上を飛び越えたのだった。

小柄な男だった。

その男は、そのまま宙で警官が持つ懐中電灯を蹴り飛ばした。

くるくると路上に光をまき散らしながら、懐中電灯が遠ざかっていった。

「抵抗するな！」

警官ふたりが、同様の警告を発した。

ゲリラのひとりは、するすると警官に近づき、左右の突きを発した。警官は、長い棒でそれを受けた。

小気味いい音がして、警官の両手の間で樫の棒がまっぷたつに折れた。

もうひとりの警官がゲリラのうしろから抱きつき、棒を胸に渡して締めあげた。すかさず、棒を折られた警官が自由を失ったゲリラの腹に、重いパンチを何度も打ち込んだ。ゲリラは片膝をついた。

佐田のうしろにいたもうひとりの男が、滑るような足取りでパンチを放つ警官に近づいた。

警官が振り向く。とたんに、男は二本の指をその両眼に突き立てた。

たまらず、警官は叫び声を上げた。

両眼をおさえ、背を丸めたりのけぞったりを繰り返して、何とかおそろしい苦痛から逃がれようとしている。

第二の男は、苦しむ警官の金的の急所を、情容赦(なさけようしゃ)なく蹴り上げた。

警官の体は、二十センチほど宙に浮いた。

彼は、喉(のど)の奥で不気味な音をたてると、激しくもどして、気を失った。

棒で胸をおさえつけられている男は、小さく腰をひねった。

それだけで、警官の体が宙に浮いた。弧を描いてアスファルトの路上に叩きつけられる。

柔道で鍛え上げられている警官がそうやすやすと投げられることがないのを佐田はよく知っていた。

柔道の使い手は、体重をうまく落として、相手の投げ技を封じるのが実に巧みだ。警官は虚を突かれたのだ。そして、小柄な男の技が、経験したこともないほど切れがよかったのだった。

ふたりの男は、アスファルトの上で見事に受け身をとって立ち上がった警官を始末しようとしていた。

佐田は、その隙を見逃さなかった。

ぱっと立ち上がると、小路へ夢中で駆け込んだ。

カメラをしっかりと抱いて走り続けた。

（もう、まっぴらだ）

彼は心のなかで叫んでいた。

（早いとこ足を洗っちまおう。こんな生活……）

はるか後方で、胸をえぐるような絶叫が聞こえた。

佐田は、気分が悪くなった。

十字路に出たとき、左手の路地から、タクシーがやってくるのが見えた。赤い空車のランプが光っている。

佐田は、思いつく限りの神と仏に感謝した。

タクシーに乗り込んだ瞬間、佐田の全身から、がっくりと力が抜けていった。

11

七月二十二日、午前二時二十三分。

東京・丸の内にある国鉄本社内総合指令室で罵り(ののし)の声が上がった。

「やられた！」

山手線、中央・総武線のＣＴＣ——列車集中制御装置の異常を知らせるランプが点灯した。

山手線と中央・総武線の信号・通信施設に異常が見つかった。

政府からの通達で、ケーブル切断を予期していた国鉄は、通常の倍の作業員を見回りに当たらせていた。

しかし、ゲリラをふせぐことはできなかった。切断箇所は九つを数えた。

国鉄は、ケーブル切断箇所の発見と、その補修に、すぐさま取りかかった。

仮眠をとっていた下条は、陣内の声ですぐ眼を覚ました。

「国鉄ケーブルが……？」

陣内は、まったく動じぬ態度で言った。

「まあ、予想どおりでしたね」

報告を受けた下条が、興奮しているのは、国鉄のケーブルを切断されたことが原因ではない。

ゲリラたちが、その目的のために、警官二名に重傷を負わせたという点が問題なのだった。

陣内は、その気持ちを読み取って、静かに言った。

「犯人グループは、過激派のゲリラとはまったく性格が異なっています。彼らは、私たちを敵に回して、『ゲリラ戦』を挑んできているのです。テロ行為も辞さないといった決意が感じられます」

「それでいて、こちらをばかにするように、自分たちの力を小出しにしているわけだ」

「そうともとれますね。片瀬直人に言わせると、これは、ほんの準備行動――いわば、前哨(ぜんしょう)戦といったところですからね。本番は、大地震です」

「消防庁のほうはどうなっている？」

「災害が起こったら、ヘリコプターがフル稼動します。すでに、都内各避難場所への誘導路の確保、電話不通地域への無線電話設置などの手が打たれています」

「総理による〝警戒宣言〟だが、総理は発令する必要はないという考えだ」

『警戒宣言』は、東海地震の発生のおそれがあると、気象庁地震予知情報課が認めた際に発令されることになっている。

異常が発見されると、気象庁長官は判定会会長に通達する。ただちに判定会が招集され、判定結果が再び気象庁長官に報告される。

気象庁長官の報告を受け、閣議が開かれ、必要とされた場合に、内閣総理大臣によって発令されることになっている。

今回、気象庁は公式には大地震の恐れは認められないとしている。したがって総理は、下条からの報告書を受け取っても、『警戒宣言』の必要はないと判断していた。

「当然の措置だと思います」

陣内は言った。「夜が明けたら、電話だけでなく、山手線、総武・中央線の一部が止まってしまうのです。地震の予告などしようものなら、それだけで都民は不安のどん底に突き落とされるでしょう」

下条はうなずいた。

「都内を脱出しようとする者がいっせいにマイカーを利用する。ただでさえ混乱している電話不通地域の交通はまさにパニック状態になるだろう。そんなときに地震がきたら……」

「今は、沈黙を守るときです。被害を最小限にくい止めるためにも」

「わかった……。それで、宝剣に関する噂（うわさ）についてはどうなんだ？」

「服部宗十郎邸襲撃のシナリオを作った連中が、今回も全力で作業中です。噂を聞いて動き出す人間を必ずキャッチしてみせます。片瀬直人の言ったことがでたらめでないとしての話ですがね」

「藁にもすがりたい気持ちというのが、あらためてわかった気がするよ」

「しかし――」

陣内はかすかにほほえんだ。「その一本の藁で激流を乗り越えることができる――私はそんな予感がします」

松永の部屋のドアをあわただしく叩く音がした。

時計は午前二時四十五分を示している。

「今ごろ誰だろう」

松永はつぶやいて台所のわきのドアに向かった。

錠を解いたとたん、転がるようにカメラマンの佐田が入ってきた。

松永は、床に尻をついて、大きく肩を上下させている佐田を冷淡な眼差しで見下ろしていた。

「水をくれ」

佐田はあえぎながら言った。

「勝手に飲めばいいさ」

佐田は、一瞬うらみがましい眼（め）で松永を見上げたが、やがて大儀（たいぎ）そうに立ち上がった。

流し台にもたれるように立ち、コップの水を二杯飲み干す。

「いったい、今度は何をやらかした？」

松永は冷笑を交えた声で尋ねた。

佐田は、流し台に両手をつき、首をたれて、息が整うのをじっと待っているようだった。

「例の三人組がまだしつこくおまえを追い回しているのか？」

「そんなんじゃない」

佐田は同じ姿勢でつぶやくように言った。

片瀬が台所の入口でじっとふたりの様子を眺めていた。

佐田はその気配に気づき、鋭く振り返った。神経が異常に昂（たか）ぶっているのがわかった。

「誰だ？」

佐田は松永に尋ねた。眼に必要以上の警戒心が現れていた。

「俺の友人だ。片瀬直人という学生だ。インドから帰ってきたばかりで、帰国祝いをやっていたところだ」

佐田は、片瀬をあっさりと無視した。

彼は、カメラバッグからニコンを取り出し、フィルムを巻き上げた。

松永は、台所の明かりをつけようと壁のスイッチに手を持っていった。

「明かりをつけんでくれ」

佐田が言った。「このフィルムは、おそろしく光に敏感なんだ」

彼は、フィルムを取り出すと、すばやくプラスチックのケースに収め、音をたててふたをした。

松永は、グラスにウイスキーを半分ほど注ぎ、佐田に差し出した。

佐田は無言で受け取ると、二口ほどで干し、ひとしきり咳きこんだ。

「さあ、それで少しは落ちついただろう」

松永は言った。「いったい何でこんな時間に、俺のところへ転がり込んできたのか話してもらおうか」

佐田は、フィルムケースをもてあそびながら、しばらく考え込んでいた。

やがて彼は顔を上げて言った。

「俺は命が惜しくなった」

「今さら何を言っている」

「やつら、警官を素手で殺しちまった。あっという間にだ。何のためらいもなく、警官を殺しちまったんだ」

松永の表情が険しくなった。

「何のことだ」

「ゲリラだよ」

佐田はいら立たしげに言った。

「ゲリラ……」

松永は、佐田の手のなかにあるフィルムのケースに眼を走らせた。「やつらの姿を撮ったのか？」

「赤外線ストロボを使った。写っているはずだ。電話の次は国鉄——そう読んで、山手線の周辺を歩き回っていたんだ」

松永は、リビングルームから台所を眺めている片瀬を一瞥（いちべつ）した。

ふたりの眼が合った。

松永と片瀬は立ったままだった。佐田だけが、カメラバッグを抱くようにして、台所の床に腰を降ろしている。

「そいつは大スクープじゃないか。おまえは、ついに一発当てたんだ」

佐田は、黙ってフィルムケースを松永に差し出した。

「どうしたっていうんだ？」

「どんな大スクープだって、命と引き替えにゃできないってことさ」

「おまえの口から、そんな言葉を聞こうとは思わなかったな。かつてのクォーターバックは向かうところ敵なしじゃなかったのか?」

佐田は、あらためて強くフィルムを松永に向かって差し出した。

松永は、受け取るほかはなかった。

佐田は言った。

「いつかはこういう日がくると思っていたんだ。やばい仕事からは足を洗う」

「よほどおそろしかったと見えるな」

「あたりまえだ。目のまえで警官が殺されたんだ。この俺も、殺されるところだった。生きているのが不思議なくらいだ」

「このフィルムはどうするんだ」

「約束したろう。何か手がかりがつかめたらおまえに知らせるって。そいつは、おまえに譲る。警察に届けるなり、どこかへ売りつけるなり好きにしてくれ。俺は、いっさい手を引く」

松永は、フィルムケースを見つめながら、しばらく考え込んでいた。

「それで――」

彼は言った。「これからどうするつもりだ」

「わからん。とにかく、俺はゲリラに顔を見られたかもしれないんだ。やつらは過激派なんかじゃない。もっとおそろしい連中だ。雑草でも引っこ抜くみたいに簡単に人を殺してしまった」

「海外へでも逃げるか？」

「それもいいかもしれん」

「本当に――」

　突然、片瀬が言った。ふたりは、同時に片瀬を振り返った。「本当に、ゲリラたちは警官を殺してしまったのですか？」

　佐田は、視線を床に落として、かぶりを振った。

「わからん。警官が死んだかどうか確認する余裕なんかなかった。連中が戦っている隙に逃げ出してきたんだ。だが、相手は明らかに殺すつもりだった。それは見ていてわかった。残忍なやり口だったよ」

「わかった」

　松永が言った。「このフィルムは俺があずかろう。どうやら、おまえは一刻も早く姿をくらましたほうがいいようだ」

「そのつもりだ」

　佐田は立ち上がった。

　ドアへ向かい、ふと立ち止まり、松永を振り返る。

「たよれるのは、おまえしかいなかったんだ。悪く思わんでくれ」

松永は、表情を変えず、佐田を見すえて言った。

「毎度のことじゃないか。おまえらしくもない……」

「いずれにしろ、落ち着いたら連絡する」

佐田は、ドアの外に消えた。

ドアに鍵(かぎ)をかけると、松永はすぐさま電話に飛びついた。

下条に教えられた番号にダイヤルする。

ケーブル爆破の影響はまだ続いており、回線はなかなかつながらなかった。四度目のダイヤルでようやく呼び出し音が鳴った。

「陣内平吉をたのむ」

そのひとことで充分だった。この電話番号にかける人物は自分の素性を明かす必要がないのだと松永は思った。

「国鉄のケーブルがやられたそうじゃないか」

「驚きましたね。どうやってそれをお知りになったのですか?」

陣内が出るなり、松永は言った。

「どうでもいいことだ。そうだろう。警官がふたり殺されたという話だが、本当か?」

陣内は、しばらく間を取った。彼は本当に驚いているのだった。慎重な彼の声が聞こえてきた。

「殺されたというのは間違いですね。警官二名は重傷を負ったのです。現在、病院で手当てを受けていますよ」

「あんたたちとしては、メンツにかけてもゲリラたちの手がかりをつかみたいというところだろうな」

「含みのある言いかたですね。何かを手に入れられたのですか」

「ゲリラの写真——そう言ったら、またしても驚くだろうな」

「本当のことだとしたら、まさに仰天(ぎょうてん)ですね」

「仰天する顔を見せてもらおうか。今、フィルムが俺の手のなかにある。警官ふたりを襲ったやつらの写真だ」

「その写真を提供していただけると、ひじょうにありがたいのですが……」

陣内の声はわずかに冷静さを失っていた。

「そのつもりで電話したんだ。こちらとしても、写真を持っているだけじゃ何の役にも立たないからな。警察へ届けるのもいいが、現状を考えると、あんたに渡すのが一番だと思ったのさ」

「幸い深夜で、道はすいています。これからすぐに取りにうかがいます」

「条件があるんだが……」

「何でしょう」

「フィルムをあんたたちに渡すことには異存はない。だが、俺たちもプリントを持っていたい。俺たち用に写真を一組焼いてほしい」

「あなたたちが提供してくれるフィルムです。その要求は当然でしょう。しかし、これだけは約束してください。その写真をマスコミに売ったりするのはしばらく待っていただきたい」

「心得てるさ。俺は金が欲しいんじゃない。あんたたちと同じでゲリラを発見したいんだ。たのみはもうひとつある。車がスムーズに動くうちに、片瀬をアパートへ連れて行ってほしいんだ」

「片瀬直人を? 彼はそこにいるのですか?」

「ああ。今夜はうちに泊まっているんだ。宝剣を市川のアパートに置いてきたと言っている。今日は、始発から国電が止まってしまうんだろう。今のうちに宝剣を手もとに持ってきておきたい」

「わかりました。車は二台向かわせます」

かたわらで松永の電話する姿を見つめていた片瀬が、身振りで電話を代わるよう求めた。

松永は、片瀬に受話器を渡した。

「片瀬直人です。もうひとつ、僕のほうからたのみがあるのですが」

「何でしょう?」

「重傷を負った警官のけがの様子を見せていただきたいのですが……」

「面会謝絶なのですがね。何でまた……」

「傷を見れば、敵の技がわかると思うんです。そうすれば、敵が真津田一族の者かどうか、いっそうはっきりすると思うんですが……」

「なるほど、それはあなたにしかわからないというわけですね」

「はい」

「いいでしょう。後ほど手はずを整えて連絡します」

片瀬は「お願いします」とひとこと言って電話を切った。

国鉄山手線、総武・中央線のケーブル九カ所を切断したゲリラは、さまざまな方向に逃走した。

そのうちのひとりが、闇のなかをひた走って上智大学脇の真田堀の土手に姿を現した。

中央線の信濃町—千駄ケ谷間でケーブルを切断した男だった。彼は土手の植え込みの陰に隠れると、あらかじめそこに用意してあったスーツやワイシャツを取り出した。

黒いニットの上下を脱ぎ捨て、着替えを始める。

ワイシャツの胸と肩が、筋肉の隆起ではちきれそうだった。

ニットの上下をフライトバッグのなかにつめ込むと、ネクタイの曲がりを正した。テニスシューズを革靴にはき替えると、男は周囲を見回し、舗道に降りた。

フライトバッグを下げ、落ち着いた足取りで、ホテル・ニューオータニへ向かう。

男はフロントにあずけていたキーを受け取り、スイートルームへ向かった。

フロントの係員は、その男に好意的だった。その男は、一流ホテルにふさわしい、洗練された雰囲気と、やわらかい物腰とを持ち合わせていた。

頭髪は、丁寧に整髪されている。ほほえみの表情はひどく魅力的だった。顔の作りそのものは端整とは言いがたい。しかし、そこには、みなぎる自信と誇りが刻まれていて、それが他人を引きつける要素となっていた。

ホテルの台帳には、木島正人(きじままさと)、三十五歳と記されていた。

身長が百八十センチ近くある。体重は、九十キロくらいだろうか。見事に鍛え上げられた体格であることが、スーツを通してもわかる。首の太さが、たくましさを強調している。

顔面そのものは、急所の集まりで鍛えようはない。しかし首の筋肉を鍛えることで、顔面への打撃に強くなることはできる。男の体は、充分にそういう点を意識してビルドアップされているようだった。

彼は、弁護士ということになっていた。

男が部屋にもどって一時間ほどすると電話が鳴った。

館内電話だった。

彼は受話器に向かって、「よろしい」とだけ言って電話を切った。

五分後に、ドアがノックされた。

ふたりの若い男が立っていた。

スーツ姿の男に向かってふたりの若者は、最敬礼をした。

「何ごとだ？」

男が立ったまま尋ねた。

若者たちのひとりが言った。

「申し訳ありません。どうやら写真を撮られたようなのです」

男は、報告する若者たちを無言で見つめていた。

やわらかな物腰は消え去っていた。

何を考えているかわからない爬虫類（はちゅうるい）のような無表情さが、その顔に貼（は）りついている。

若者は言葉を続けた。

「カメラを持った男を処分しようとして追ったのですが……」

男の眼に鋭い光が宿った。

「殺したのか？」

「いえ……。邪魔が入りました。警官二名です。やむなく、われわれは警官と戦いました。その隙に、カメラを持った男は……」

スーツ姿の男は、直立する若者たちから眼をそらし、部屋をゆっくり横切った。ソファに深々と腰を降ろすと、言った。

「よろしい」

若者たちは顔を上げて哀願する眼で男を見た。

「計画は一応成功を見た。二、三の不手際があったことは残念だが、それが計画全体にさほどの影響があるとは思えない。おまえたちの写真を警察が手に入れたとしても、それでわれわれの正体や目的を調べ出せるとも思えない」

若者たちは、安堵の表情を見交した。

男は尋ねた。

「警官はどうなったのだね」

「とどめを刺すことはできませんでしたが、いずれは命を落とすはずです」

男はうなずいた。

「ここへ来るとき、フロントには何と言った？」

「弁護士の木島先生に、どうしても今夜じゅうにお会いしなければならない。担当されている調停の条件に変化が生じた――と……」

「上出来だ。私は、朝早くここを引きはらう。あとのことは計画どおりだ。いいな」

ふたりの若者は、深く一礼して、ドアの外に去った。

男は、ネクタイをゆるめると、ソファにもたれ、ゆっくりと笑いを浮かべた。

12

陣内が手配した車で、片瀬が市川にあるアパートから松永のマンションにもどってきた。

片瀬は、スポーツバッグを手に下げていた。着替えなどを詰めてきたのだ。

「葛野連の宝剣は？」

松永が尋ねる。

片瀬は、スポーツバッグのジッパーをあけ、布で厚く巻かれた五十センチばかりの細長い包みを取り出した。

くるくると布の包みを解いていく。なかから、鉄製の剣が姿を現した。

刀身はまっすぐで、諸刃の形をしている。刃は鈍く、本来の刃物としての役には立たない。

つかの部分には唐草模様があしらわれており、刀身には「朕爾命一如」の五文字が刻まれている。

松永は、くいいるように宝剣を見つめている。

ところどころに錆が浮いているものの、保存状態は驚くほどよかった。

古代の鉄器などが土中から発見されると、錆のためにぼろぼろになっているものだ。この宝剣は、千二百年の歴史を経ても、重々しく黒光りをしている。

荒服部の人々が、いかに宝剣を大切に扱ってきたかがよくわかる。

「さ、大切にしまっておいてくれ」

松永は、宝剣から眼をはなさずに言った。

「俺たちの大切な切り札だ」

片瀬は、もとのように丁寧に布でくるむと、宝剣をバッグの底に収めた。

「警官たちの様子を見に行くのは、午前十時だ。陣内が直接迎えに来る。フィルムを受け取りに来た使いの者がそう言っていた」

片瀬はうなずいた。

「聖なる拳法と邪悪な拳法の話ですが……」

「ん……？」

「その眼で、警官の傷を見れば、松永さんにも少しは理解してもらえるかもしれません」

松永は上眼づかいに片瀬を見つめ、しばらく考え込んでいた。

やがて彼は言った。

「まだ夜明けまでは間がある。陣内が来るまで一眠りしておこう」

七月二十二日の午前八時。

私鉄と国鉄を結ぶターミナル駅には、通勤・通学の人があふれかえっていた。国鉄の復旧作業は、午前のラッシュ時に間に合わなかったのだ。

また都心へ向かう道路は、いずれも大渋滞だった。

早朝のニュースで国鉄山手線、総武・中央線の一部が不通であることを知った郊外の人々が、マイカーで出勤したためだった。

電話局の洞道爆破の影響で、都内の信号機は、依然、コンピューターとの連絡を断っている。

そのため、警視庁の交通部では、マスメディアの協力を得て、できる限りマイカーの都心への乗り入れをひかえるように呼びかけていた。

しかし、呼びかけはまったく功を奏さなかった。

国鉄は、夕刻までには全面復旧できると発表した。

実際には、山手線、総武・中央線の一部の不通だけなら、多少の不便はあるにせよ、それほどの問題ではない。他の交通機関は正常に運行されており、私鉄や地下鉄、バスなどを利用すれば、何とか目的地までたどり着くことができる。

問題は首都圏に住む人々の精神的な混乱だった。

一時的にせよ、足と通信の両方を奪われた都民はいら立ち、不安を覚えた。

「次は、どこで何が起こるのだろう」という思いが、じわじわと人々の間に広がっていった。

身近に何か異変が起こったら、電話で助けを求めよう――それが、日常のごく一般的な反応だ。

しかし、現在、都内の少なからぬ地域では電話は不通になっており、さらに、通じにくい区域は広範囲におよんでいる。

警察や消防署では、巡回車を総動員させるとともに、アマチュア無線家、無線タクシーなどに、緊急時の協力を広く呼びかけていた。

電話が不通となって三日目――ひとり暮らしの老人との電話が通じないことが、区の老人福祉課、福祉事務所職員をあわてさせていた。

老人たちの命にかかわる問題でもあった。

職員たちは総出で、電話不通地域の家庭訪問を開始した。

民生委員もかり出されたが、とても人手が足りない。そこで、電話不通区域にあたる区の福祉課では、民間企業の手を借りることにした。

乳酸飲料の配達人たちに、老人たちを戸別訪問するように依頼したのだった。

マスコミ各社には、過激派による「爆弾闘争突入」を予告する声明文が届き始めていた。人心のこれ以上の混乱を避けるため、その声明文の発表は自粛されていた。

かろうじて平静を保っている都内の繁華街を、早朝から、右翼の宣伝カーが、大音響をまき散らしながら走り回った。

彼らは、今回の電話ケーブル爆破、ならびに国鉄通信ケーブル切断を、共産主義国の侵略であると連呼し続けた。

プロパガンダとしては稚拙ではあったが、右翼の跋扈そのものが人々の恐怖心をあおるに充分な効果があった。

そのうえ、右翼の動きは、警備上の大きな負担となった。

ソ連大使館周辺には、普段の三倍にものぼる右翼の宣伝カーがおしかけていた。

公共施設などの警備に、ぎりぎりの人員をつぎ込んでいる警視庁警備部は、ソ連大使館周辺に機動隊員を派遣することで、パンク状態に近づいていた。

そして、午前九時五十分。一過激派が、手製迫撃弾二発を、首相官邸めがけて撃ち込んだ。

陣内は、約束の時間に約二十分遅れて現れた。

「おそろしく道が込んでいまして……」

「だろうな」

松永は言った。「病院はどこなんだ？」

「新大久保の社会保険中央総合病院です。救急車で運び込んだまま、動かせない状態が続いているもので……」

「わかった。すぐに出発しよう」

マンションの玄関を出て松永は驚いた。

「これに乗って来たのか？」

「でなければ、もっと時間がかかったでしょう」

松永と片瀬の目のまえには、警視庁のパトカーが停まっていた。

「何だか連行されるみたいだな」

松永は言った。「近所の人には見られたくない姿だ」

松永と片瀬は後部座席に収まった。陣内は助手席にすわった。

制服警官は黙って車を発進させた。彼は、百メートルほど走ってから、旋回灯とサイレンのスイッチを入れた。

一時間半後、片瀬たちは「面会謝絶」の札の下がったドアを開けていた。

外科医と看護婦一名が付きそっている。

警官たちは、腕に点滴の針を刺され、鼻の孔にはチューブを差し込まれていた。

「ずっと意識がもどりません」

外科医が言った。

「どんなけがなんです？　凶器は？」

陣内が尋ねた。

「凶器？　さあね。私は法医学者じゃないので、詳しくはわかりません。しかし、おそらくは、素手じゃないかと思いますよ。裂傷、切り傷、擦過傷などがまったく見られないのです」

「素手……？」

「ざっと傷の具合を説明しましょう。ひとりのほうは、眼球をつぶされ、水晶体がはみ出しています。さらに、両睾丸が見事に腹腔のなかにめり込んでいます。おそろしい苦痛だったでしょう。ショック死しても不思議はありません。もうひとりは、胸骨をバラバラに砕かれており、両方の肘の関節を外されています。これもすさまじい激痛だったと思いますよ。その時点で、ふたりとも意識を失っていたでしょう。でなければ発狂しています。重体の直接原因は、頭部に加えられた衝撃ですが、これがよくわからない」

「と言いますと……？」

「ごらんのとおり、頭部に外傷はない。にもかかわらず、脳圧が異常に上昇している。つまり脳がはれ上がっているわけですね。これ以上脳圧が上昇したら、頭蓋を外して、はれがひくのを待ってやるほかないのですが、依然として苦痛によるショック状態が続いているため、手術に踏み切れないのですよ」

「外傷を与えず、直接脳に衝撃を与えた、ということですか？」

陣内は、ふだんと変わらぬのんびりした口調で尋ねた。

「そう。だが、それはきわめて不可能に近いですね。脳というのは、例えばなべに水を張って、その中に浮かべた豆腐のようなものです。なべをこわさずに、豆腐だけをこわす——ちょっと考えにくいでしょう。しかも、実際の頭部はなべのなかの豆腐などよりはずっと安定している」

「なるほど」

陣内は片瀬を振り返った。

片瀬はふたりの警察官の頭のあたりをじっと見つめていた。

「どうだね」

陣内は片瀬に尋ねた。

片瀬は悲しげに言った。

「もうけっこうです。ありがとうございました」

片瀬は、ベッドに背を向けて病室を出た。

陣内と松永がそのあとを追った。

松永は、廊下をゆく片瀬の眼に、明らかに怒りの色があるのを見た。

「ひどいもんだな」

松永は言った。

片瀬は苦しげにうなずいた。

「あのふたりは、もう助かりません」

「何だって！」

松永は、あたりを見回した。「どうしてわかるんだ？」

「やつらは、そういう技を使ったのです」

「やつら？　真津田一族のことを言っているのか？」

「真津田の血を引く者たちか、あるいは少なくとも、その技を身につけた人間のしわざに間違いありません」

「どういう技なんだ？」

「中国拳法の『発勁』を知ってますね？」

「もちろんだ」

『発勁』というのは、筋力だけに頼らず、強力な破壊力を得る、中国拳法独特の技法だ。呼吸法や骨格の合理的な動き、瞬発力などをうまく組み合わせるもので、修得するには、十年以上の歳月が必要とされている。

「原理的には『発勁』と同じですが、おそろしく高度な打撃法です。多くはてのひらを使用するのですが、衝撃が固い骨を素通りして、直接柔らかい脳に達するのです。打つときに、相手の頭蓋骨をも力を増幅させるために利用するのです」

「それにしても、残忍なやり口だ。徹底的に急所を攻撃して、相手を無力にしておいてから頭に一撃を食らわした。それが一目瞭然だ。相手にいやというほど苦痛を与え、しかも、命まで奪う……」

松永はひとりごとのように言った。

片瀬は、ぽつりとつぶやいた。

「そういう拳法もあるのです」

陣内は、ふたりのあとに続き、終始無言で会話に耳を傾けていた。

「どちらまで送りましょう？」

陣内が松永に尋ねた。

「自宅に帰るよ。どうも都内全体がきな臭くていけない。こういうときは、自宅にひきこもっているのが一番だ」

「もと敏腕記者とは思えない発言ですね」

「ほう……。あんたでも無駄口を叩くことがあるんだな」

陣内は無表情のまま、パトカーの助手席のドアを開けた。

彼は、シートにおさまると、運転席の制服警官に訊いた。

「首相官邸の様子はどうだ？」

警官は無線の交信を聞き続けていたのだ。

「被害はほとんどありません。迫撃砲は、ホロをかけたトラックから撃ち込まれた模様です。機動隊員が犯人と思われる人物二名を検挙しています。被疑者二名は黙秘をしておりますが、過激派の活動家であることが確認されました」

後部座席から松永が尋ねた。

「何だい？　便乗闘争というやつかい？」

陣内は前を向いたままうなずいた。

「普段ならどうということはないのですがね。こういう状況だと、面倒なことになりかねない」

「ボス交で話がついてるんじゃないのかい」

「そううまくはいきません」

陣内は言った。「何ごともね」

パトカーが松永のマンションのまえで停車すると、陣内は、内ポケットから何も印刷されていない白い封筒を取り出した。

「お約束どおり、これをお渡ししておきます」

松永は、封筒を受け取った。

妙に白っぽい色調のカラー写真が五枚入っていた。

写真のなかの人物の顔は幽鬼のように蒼白(あおじろ)く見えた。松永には、赤外線ストロボを使って闇のなかで撮影された写真であることがすぐにわかった。

佐田が撮影したゲリラたちの写真だった。

松永は、無言で写真を片瀬に手渡した。

パトカーは、松永と片瀬をおろすと、そのまま陣内を乗せて猛然とダッシュし、総理府へ向かった。

総理府の六階の喧騒(けんそう)は休むことを知らなかった。内閣調査室の室員たちは、終わりの見えない戦いに巻き込まれ、神経をすり減らしていた。

陣内は、そんな雰囲気はまったく眼中にないという態度で、まっすぐ室長室へ向かった。

下条泰彦は、一時期より落ち着きを取りもどしたように見えた。

彼は、過酷な神経との闘いにまたも勝利することができたのだ。陣内はそう思った。

下条は陣内を見すえた。おだやかな眼光だった。こういう状態の下条は、信じがたいほどのタフさと有能さを発揮することを陣内は心得ていた。

「病院のほうはどうだった？」

「片瀬直人は断言しました。警官二名に重傷を負わせたのは、明らかに真津田一族に関わりのある者たちである、と」

「よし。片瀬直人の言うことを一時的に、全面信頼しよう。政府諸機関内にいると思われる真津田一族の発見に、さけるだけの人員をさいてかまわない。情報機器も、最優先で使用してくれ。ただし、時間制限付きだ。二十四時間だ。それ以上の時間は与えられん」

「心得ました」

陣内はさっそく作業に取りかかった。すでに始まっている工作を大幅に増強する。

彼は心のなかでつぶやいていた。

(正しい判断だ)

彼の指は、ひっきりなしに、電話のボタンをプッシュし続けていた。(二十四時間も

いるものか。ものの五、六時間で充分だ）

都内の一地震観測所では、その日も地震計が微弱な震動を記録していた。人体に感じない弱い地震があるのは珍しいことではなく、特別に取り沙汰しようという動きはなかった。

午前十一時。

書類仕事を終えた初老の所員が、小さく伸びをして立ち上がり、机から離れた。昼食までにはまだ間がある。

彼は、地震計の記録を眺めていた若い所員に何気なく声をかけた。

「どうだね」

「ええ」

若い所員は、記録用紙の帯から眼を離さぬままこたえた。

「また微震がありました」

「ここのところ、ちょっと多いな」

「ええ……。でも、コンピューターによると、大地震の予兆ではないと……」

「コンピューターか……」

初老の所員は、白くなった髪に指をつっこんで頭をかいた。「何でもコンピューターが正しいと思っちゃいかんぞ。コンピューターにゃ、あくまでも限られたデータしか入っておらんのだ」

若い所員は笑った。

「わかっていますよ」

初老の所員は、ちらりと記録用紙に眼を走らせてから、その場を離れようとした。彼は、いったんそらした視線を、あらためて記録用紙にもどした。

わずかにその眼が険しくなっていた。

「どうかしましたか？」

若い所員がその様子に気づいて尋ねた。

「うん……。いいや、ちょっとね……」

彼は、描き出された曲線に言いようのない不吉なものを感じた。長年培ってきた勘が警告を発しているのだということに、彼は気づいた。

にわかに彼は、過去の記録をたどり始めた。

「何か異常でも……？」

「微震と微震の間隔がだんだん小さくなってきている」

「ああ、それは僕も気づきました。しかし、コンピューターは危険なしとしているんです。過去に何度もあったことですよ。そうやってエネルギーをゆっくりと放出して、また間隔が広がっていくんです」

「過去はそうだったが、今回もそうとは限らん。井戸の水位を調べてみたか？」

「今朝早く調べたときは異常なしでした」

「今すぐ調べてみるんだ」

「え……？」

「今すぐだ」

若い所員は、不思議そうにベテラン観測員の顔を眺めてから、言われたとおりにした。

初老の所員は、いらいらしながら結果を待った。

若い所員の大声が聞こえてきた。

「井戸の水位が……。地下水の水位が異常に下がっています」

初老の所員は、すぐさま電話に飛びついた。

13

「結局は、弱い者の体術なんだと思う」

松永は、ベッドをわきにあぐらをかいていた。彼は、真津田一族の拳法について、語っていた。

片瀬は、黙って松永の話の続きをうながした。

松永は、考えながら言葉を続けた。

「そうだろう。あんたや、バクワン・タゴールが身につけている拳法——つまり、アルハット一族に端を発する服部の拳法は、点穴で相手を無力化する。あんたが突く経絡（けいらく）は、急所には違いないが、その瞬間に敵をしびれさせたり、気絶させたりするツボだ。つまり、服部の拳法は相手を殺さないための拳法だ。自分も死なず、敵も殺さない。これは、強者の武道だ」

『穴（けつ）』というのは中国武術でツボのことをさす。楊（よう）家太極拳を例にとると、人体に『穴』は三百五十七あるとされている。そのうち重要な三十六の『穴』を選び、それを「死穴」「唖（あ）穴」「暈（うん）穴」「麻穴」の四種類に分類している。「死穴」とは、強く突かれるとたちまち死んでしまうツボのことだ。

「唖穴」は突かれると知覚をまったく失ってしまうツボ、「暈穴」は突かれると即座に気絶するツボ、そして「麻穴」は突かれると、たちまち手足がしびれて無力となるツボを意味している。

片瀬の技法は、この「死穴」以外のツボを突くこと——つまり『点穴』を中心に発達したものだ。

「しかしだ——」

松永はさらに話を続けた。「片や真津田の拳法は、最初から敵に大きな苦痛を与え、決してそれだけでは許さず、殺してしまうわけだ。万が一、死をまぬがれたとしても、大きな後遺症が残るような攻撃をする。眼玉をえぐられ、睾丸を蹴り込まれたのがいい例だ。これは、つまり、なりふりかまわず相手の弱点をつき、そして敵の死を見なければ安心できないという弱さの表れじゃないか」

「そういう考えかたもできます」

片瀬は力なく言った。

「ということは、強者ゆえに聖、弱者ゆえに邪悪、ということになるのか……」

「それは飛躍のしすぎですよ。僕は、単なる性質の違いだと思います」

「そうかね」

松永は、片瀬の表情が曇りがちなのに気づいた。

「何だ？　何を考えている」

片瀬は慎重に言葉を選んでいるようだった。松永は、片瀬が話し出すまで、じっと待っていた。

片瀬は言った。

「確かに、僕は真津田一族の拳法に邪悪なものを感じます。そして、真津田一族も、同様に考えていたはずなのです」

「どういうことだ」

「『荒真津田』を中心とする真津田一族は、誇り高い部族です。決して松永さんの言うような弱者などではないのです。その証拠に、『荒真津田』は、あの拳法を使うことを大きなタブーとしているはずなのです」

「しかし、実際に警官ふたりがやられた。あれは真津田の拳法だと断言したのは、ほかでもない、あんただぜ」

「だから、ひっかかっているのです。真津田一族のなかで何かが起こっているのかもしれません……」

「よくわからん……。それが、どんな意味があるのか」

「僕もです。でも、気になるんです」

「陣内が、宝剣の噂を聞いて動き出す人間をひっとらえれば何かわかるかもしれないさ」

「そうかもしれませんね」

「それより、どうだ? あんたの拳法を俺に教えてくれないかと、まえに頼んだだろう」

「残念ながら」

片瀬は柔らかな微笑を浮かべた。「それをマスターするには、たいへんな歳月が必要です」

「だが、あんたはまだ二十歳そこそこだ」

「僕は、もの心つくかつかないかの頃から祖父にみっちり仕込まれたんです。それに、荒服部の血を引く者は、敵の『気』の流れを見ることができるのです。これは生まれ持った能力です。『気』の流れを見ることで敵の『穴』をすぐに発見できるというわけです」

「並の人間じゃだめだということか」

「そうとも言い切れませんがね。事実、中国拳法には点穴の技法が多く含まれています。ただ、何十年という修行が必要なのです」

「なるほどね」

松永は、ごろりとカーペットの上に身を伸ばした。

片瀬はほほえんだまま言った。

「松永さんには空手があるじゃないですか。空手をあなどってはいけません。短時間で強くなろうとするには、空手は最も合理的な武道だと、僕は信じています」

松永は、片瀬を一瞥して、天井を向いた。

「せいぜい精進するよ」

弁護士に扮し、木島正人と名乗った男は、渋谷にある貸会議室から電話をかけていた。

普段は広告代理店やマーケティング関係の会社が、グループインタビューなどのために時間単位で借りる民間の施設だ。

木島正人と名乗った男は、地方から、ある事件の調停のために上京し、そこを仮の事務所にするという名目で三日間、借り切っていた。

部屋の中央に大きなテーブルがあり、彼を除いて十一人の男たちが囲んでいる。

皆二十歳から三十歳の間の若い男たちだった。

木島と名乗る男は、電話を切ると、テーブルに歩み寄り、一同が見わたせる席に着いた。

十一人の若者たちが、彼に注目した。

彼は全員の顔をゆっくりと眺め回してから重々しく口を開いた。

「事態が変わった」

若者たちはじっと沈黙を守って、聞き入っている。

男は言葉を続けた。

「当初の計画では、われわれは首都圏を大混乱に陥れ、それを見とどけたあとは、すみやかに『山』に帰って姿を隠すことになっていた。しかし、大きな問題が発覚した。『荒服部』の王の血を引く者が生きており、しかも、その人物が『葛野連（かどののむらじ）の宝剣』を持っているという」

若者たちは、驚きを露（あら）わにし、囁（ささや）きを交した。

ざわめきが鎮まるのを待って、さらに男は言った。

「服部宗十郎を倒したのは、あくまで内閣調査室の連中だと、われわれは知らされていた。今回の作戦の計画者も、そう思い込んでいたらしい。しかし、実際に服部宗十郎を討ったのは、ほかでもない『荒服部』の王だったということが明らかになった。内閣調査室は、『荒服部』の王と手を組んだのだ」

ひとりの若者が身を乗り出した。

「『荒服部』の王とは、いったいどんな人物なのですか？　どこで、何をしている人間なのですか？」

男は、若者を一瞥し、正面を向いてからあくまでも落ち着いた口調で話し続けた。

「まだ、大学生だそうだ。しばらくインドへ行っていたため、今は休学中ということだが……。名は、片瀬直人と言う」

再び、怪訝そうな囁き合いが広がった。

「『荒服部』の王の血を引きながら、その姓が服部ではなく、片瀬であるのには理由がある。服部家の内部分裂で『荒服部』は、きびしい残党狩りに遭った。彼らは山間で、われわれのように生きのびた。しかし、ついに『荒服部』は血筋の断絶の危機を迎えることになる。そのとき、幼かった服部直人に希望を託し、身分を隠したうえで人知れず養護施設へあずけた。後年、遠縁にあたる片瀬家が服部直人を養子として迎え入れたというわけだ」

「『葛野連の宝剣』は、服部宗十郎が持っていたと聞いておりますが……」

他の若者が尋ねた。

「にせものだったのだよ。世をあざむくための——そして、何よりも、われわれワタリの血を引く者たちをあざむくためのな。本物は、片瀬直人が持ち続けていたのだそうだ」

「服部宗十郎の宝剣がにせもの……。われわれは、いやわれわれの先祖たちも、ずっとだまされ続けてきたというわけですか」

「そういうことになろうか……。問題はそれだけではない。今、『荒服部』のもとに、服部の血脈がひとつになろうとしている。宗十郎の孫娘と片瀬直人は、いずれ結ばれる仲らしいということだ。これは断じて見過ごすわけにはいかない」

驚愕の視線がいっせいに男に向けられた。

「宗十郎の孫娘——名は水島静香。もと大蔵大臣・水島太一のひとり娘だ。宗十郎の孫娘であるというだけなら、どうということはない。しかし、『荒服部』の王と結ばれるとなると問題は別だ」

「利用できますね」

蛇のような不気味な眼をした若者が言った。

「ん……?」

「要は、片瀬直人とやらを葬り去り、われわれが『葛野連の宝剣』を手に入れればいいのです。無駄な殺人は『計画者』の意にもそわないでしょう。宗十郎の孫娘は殺すより、もっと利用する方法があるはずです。言ってみれば、片瀬直人の大きな弱点となり得るのですから。どうしても片瀬を倒せないとなったときに殺すことを考えればいい」

男は静かにうなずいた。

「ハフムシの言うとおりだ。皆、そのように心得てくれ」

若者たちはうなずいた。

ハフムシというのは、山の民独特の言葉で、蛇のことを指す。彼らは、かつてのシノビがそうであったように、符牒のような俗称で呼び合っているのだった。

「なお、作戦の『計画者』が、例のカメラマンらしい人間を、何人か調べ出してリストアップしてくれた。テブリ、セッパ、その眼で確認して、必ず後始末をしてくるのだ」

テブリ（手風）、セッパ（切羽）と呼ばれたふたりは、警官に重傷を負わせた者たちだった。ふたりは、力強くうなずいた。

「きょうのうちにも、地震は起こる。地震のあとの混乱は、何よりの好機だ。それを利用して、必ず片瀬直人を倒すのだ。ハフムシ……」

「は……」

「細かな打ち合わせは、おまえが中心になって進めてくれ」

「わかりました、速人さま」

木島と名乗る男だけが本名で呼ばれていた。

松田速人――それが彼の本名だった。

ハフムシと呼ばれる蛇のような眼の若者は、ゆっくりと一同を見回した。


地震観測所からの電話の一報によって、気象庁地震予知情報課は、にわかに色めき立った。

同課でも、同様のわずかな異常はすでに発見していたが、その評価・分析に苦慮していたのだった。

ただちに、連続観測記録、地震計、体積歪計(ひずみけい)などの洗い直しが行なわれた。

その結果、同課では「地震の予兆と解釈し得る、軽微な異常を発見」という文書を気象庁長官へ送った。

判定会会長は、ただちに判定会を招集した。

議論は分かれた。

気象庁地震予知情報課からの報告の内容が、それほど緊急を要しているとは思われなかったからだ。

しかし、現在の都内の状況を考慮すると、たとえ、大地震と言えるほどの地震でなくとも、発生すれば大きな二次災害を引き起こすおそれがあった。

その点を見過ごしにするわけにはいかなかった。

判定会は、「地震発生の予兆あり」という発表をすべきだとの結論に達した。

気象庁長官は、それを受け、緊急に開催されていた閣議の場に報告を持ち込んだ。

しかし、内閣総理大臣は、その報告を一読しただけで、あえて取り上げようとはしなかった。

カメラマンの佐田和夫は、眠れぬ一夜を明かし、さらに午(ひる)過ぎても、アパートの一室に閉じこもっていた。

何も手につかなかった。

職業柄、パスポートは持っており、手近な国へ逃げ出すことも考えていた。だが、漠然と考えているだけだった。

ビザの申請、航空券の手配など、具体的なことは何ひとつやろうとしなかった。

佐田は、自分がタフな神経の持ち主だと信じてきた。

確かにこれまで彼は、常人が正視できないような光景を平気でファインダーに収めてきた。

他人の死に立ち会うことには慣れていた。

また、いわゆる特ダネ写真を撮るためや、てっとり早く金になる写真をものにするために、危ない橋も平気で渡ってきた。

物騒な連中を敵に回したことだって一度や二度ではなかった。

にもかかわらず、今回だけはおそろしくてならなかった。

その理由がまったくわからないという事実がまた、彼の精神をいためつけていた。

『組関係』の人間だって、いざとなれば人を平気で殺す。過激派だってそうだし、右翼団体の一部にも、そういう連中は多い。

佐田は、過去に何度もそういう連中と渡り合ってきた。

おそろしくなかったと言えば嘘になる。たまらなくおそろしくて、歯の根が合わない思いをしたことは数えきれない。だが、彼は、今まで一度だって、フリーランスのカメラマンという立場を放り出そうとしたことはなかった。

今回、彼は、何もかも捨て去って逃げ出そうとしている。

ゲリラの姿をフィルムに収めるなどというのは、特ダネ中の特ダネだ。まだ、警察ですらその正体をつかんでいないことも、佐田は知っていた。

その写真一枚で、どれだけの金と名声が飛び込んでくるか測り知れない。

佐田は、その一枚の写真で、報道写真家として確固たる地位を築くかもしれないのだ。

しかし、彼は、そのフィルムすら、即座に手放してしまった。その瞬間に、自分のジャーナリストとしての生活は終わったと、彼は感じていた。

フィルムを手放しただけではない。今や彼は、ゲリラたちの写真を撮ったことを後悔し始めていた。

触れてはいけないものに触れてしまった恐怖を感じていた。それは、祟りを真剣に畏れている原始人の心理に似ていなくもなかった。

（なぜなんだろう）

彼は、回らぬ頭で考え続けた。（なぜ、今回だけが特別な気がするんだろう）

悪夢にとらわれ、もがいているような状態だった。

しかも、これは決して覚めることのない悪夢なのだった。

突然、ドアをノックする音がした。

佐田は、はっと顔を上げた。異常に神経質になっていた。

彼は、大きく眼をむいていたが、本人はそのことにすら気づいていない。

再度、ドアを叩く音がする。実際には、それほど強いノックではない。

だが、佐田には異様に大きな音に聞こえた。

彼は、ふらふらと立ち上がってドアに近づいた。

「はい……、何でしょう？」

「あ、宅配便です」

愛想のいい大声がドアのむこうから響いてきた。

佐田は細くドアを開けて外をうかがった。

確かに、そろいのツナギに大きなつばつきのキャップをかぶったふたりの男が、ダンボール箱をかかえて立っている。

佐田は、小さく溜息をついてドアを開いた。

「印鑑をお願いします」

配達員のひとりが言った。

佐田は、ドアを開けたまま、印鑑を取りに部屋の奥へ向かった。

安っぽい合板製の整理ダンスの、一番上の引き出しをかき回して、三文判を取り出す。ドアに向かおうと振り返る。

佐田は息を呑んだ。

ふたりの配達作業員が、土足のまま部屋のなかに上がり込んでいたのだった。

「何だ、おまえら。何やってんだ」

佐田は怒鳴った。

ふたりの配達作業員は、帽子を取った。

「早く部屋から出て行け」

わめいてから佐田は、ようやく気づいた。

見かけたのはほんの一瞬で、しかも闇のなかだったが、佐田はふたりの人相を覚えていた。

警官を殺したふたりのゲリラだった。

佐田は声を失った。

寂寥感をともなった恐怖にしめ上げられた。

すべての風景が白っぽく見えてくる。

ふたりのゲリラは、まったくの無表情だった。

佐田は、死を意識した。まるで、他人ごとのように、確実に死ぬだろうと予想していた。

「きさまら……」

ほとんど無意識のうちに、佐田は声を出していた。自分がまともな単語をしゃべれること自体が不思議だった。「きさまら、いったい何者だ」

ふたりは、ほんの一瞬顔を見合わせた。

「教えてもかまわんだろう」

男の片方が言った。佐田にはその言葉の意味がよくわかった。

「死人に口なし」というわけだ。

「真津田のテブリ、こちらがセッパ……」

佐田は、ぼんやりとした口調でつぶやいた。

「マツダのテブリ……。セッパ……？」

そのとたんに、テブリと名乗った男の貫き手が、佐田の喉を襲った。

14

すさまじい苦痛だった。

テブリの貫き手は、刃物さながらに、佐田の喉仏の下に突き立った。

『気門穴』と呼ばれる急所だった。

佐田は、苦しみに眼を見開き、酸素を求める金魚のように、口を激しく開閉した。

佐田は声を失っていた。

もう悲鳴を上げることもできない。

テブリとセッパは、佐田のもがく姿を冷やかに眺めていた。すぐに次の攻撃に出ようとはしない。

自分たちの技の破壊力を見て楽しんでいるようだった。

佐田は、ふたりの態度を見て、にわかに恐怖の正体に気づいた。

彼は、この荒々しく残忍な拳法技を恐れていたのだ。

テブリとセッパが警官に対して使った技には、見る者を震え上がらせる不気味さとおそろしさがあった。

そこには、武道家の誇りも哲学もない。

考えうる最も残酷な殺しの手法があるだけだった。

佐田は、恐怖の正体をつかんだ。

恐怖の理由を見定めることにより、わずかながらいつもの自分を取りもどすことができた。

喉をおさえてうずくまっていた彼は、上眼づかいにふたりを睨みつけた。眼は充血していた。

佐田の胸のなかに、ゆっくりと怒りが湧き上がってきた。

アメリカン・フットボールで鍛えた肉体の自信がよみがえってきた。彼は、街中の喧嘩で敵にうしろを見せたことがなかった。

アメリカン・フットボールは、明らかに格闘技だ。肉弾戦となれば、フットボーラーは、生半可な武道の黒帯連中をたやすくなぎ倒してしまう。

佐田は、片膝をついた姿勢から、身を低くしたまま突進した。

佐田の右肩がテブリの両肋骨の間をえぐった。

テブリは軽々と後方へはじかれた。

佐田は、そのままテブリを壁に叩きつけた。

テブリの体が壁に激突する瞬間に、佐田は右肩を強く突き出した。肩に肋骨のきしむ感触が伝わってきた。

壁が大きくゆらいでいた。

テブリの肋骨の軟骨の部分に亀裂（きれつ）が入ったことを、佐田は経験に照らして知った。

背後からセッパが迫る気配がした。

佐田は、タックルにくる相手を払う要領で、大きく腕を振り降ろした。

セッパは、テーブルにぶつかり、勢いあまって、テーブルごと床にひっくり返っていた。

佐田は、テブリの襟首を両手でつかんで引き起こすと、容赦なく、窓ガラスめがけて放（ほう）り出した。

ガラスが砕け散った。

テブリの手や顔面は、ガラスの破片であっという間に血まみれになった。

佐田は、グランドでの昂揚感（こうようかん）を思い出していた。競技中の興奮は痛みを忘れさせてくれる。

そのとき、佐田は喉の激痛すら忘れかけていた。

（戦えばよかったんだ）

彼は昂（たか）ぶる心で思った。（あのときも、逃げる必要などなかった。きょうのように戦

えばよかった。恐怖におののくなど、まったく愚かなことだった）

彼は、セッパを振り返った。

セッパは肩を床に強く打ったようだ。もがきながら立ち上がってくる。

佐田は、倒れたテーブルを蹴散らして、セッパにつかみかかった。

その頭髪をとらえ、顔面を床なり、台所の流し台なりに叩きつけてやるつもりだった。

佐田の差し出した右手は空をつかんだ。

セッパの頭が急に消え失せたように見えた。

次の瞬間、吐き気がするほどの激痛が佐田の胸を襲った。

身を沈めたセッパの拳が、胸の中央の『玄機穴』という急所にカウンターで決まっていた。

セッパの拳は、人差し指の第二関節を高く突き出したもので、空手では「人指一本拳」中国拳法では「鳳眼拳」と呼ばれる握り方だった。空手の組手競技では禁じ手とされている威力のある拳だ。

セッパの「人指一本拳」は、両あばらをつなぐ胸骨を砕いた。

胸骨のあたりは、指で押すだけで痛い急所だ。

佐田は息ができなくなり、大きくあえいだ。完全に動きが止まった。

セッパは、鋭い蹴りを続けざまに、佐田の両膝に放った。固い靴の先を膝の皿に叩きつけていた。

佐田は膝を割られ、あっけなく床にくずれた。

そのまま、声にならない悲鳴をまき散らしながら、床のうえでのたうちまわっている。

セッパは落ち着き払った動作で、佐田の上半身を引き起こした。

佐田の眼に自信の光が点(とも)っていたのは、ほんのわずかの間だった。今は、追い込まれた小動物の眼をしていた。

セッパは、腹の底から不気味なうなり声を発した。

「待て」

テブリが窓脇で言った。

立ち上がった彼は、顔面を血で染め、おそろしい顔をしていた。「それだけは、俺にやらせてくれ」

セッパはうなずいた。

佐田は、再び床の上で丸くなろうとした。

セッパはそれをゆるさなかった。

佐田は頭髪をつかんで上半身を起こされた。

テブリが、腰を低くかまえていた。

右のてのひらを佐田に向けて、ゆっくりと呼気の音を立てた。

テブリの下半身がぶるぶると震え始める。力をためているのだ。顔が紅潮していく。

彼は、すさまじい勢いで腰をひねった。うしろになった足がぴんと張られる。

同時にてのひらを、佐田の頭めがけて突き出した。

下半身にためた力を、腰で増幅させ、背、腕と伝えていって、てのひらで爆発させたのだ。


佐田の頭は、ほとんど動かなかった。

衝撃はすべて、頭蓋骨(ずがいこつ)を通り抜けていったのだ。

佐田の脳は、決定的なダメージを受けていた。

確実で静かな死が訪れる。

佐田は、その瞬間に、地鳴りを聞いた気がした。


東京はじめ、神奈川、千葉、茨城の沿岸部そして東海の一部の地震観測所で、初期微動を記録していた。

ほどなく、最初の一揺れがきた。

東京都民は、腹の底に響く地鳴りにおびえた。

それは、人間が築いた文明をおそろしくちっぽけなものに感じさせる大自然の咆哮(ほうこう)だった。

揺れは三十秒ほどでおさまった。

それほど大きな地震ではなかった。都内では震度二を記録したにとどまっていた。住民たちは、地震が止むとほどなく落ち着きを取りもどした。

消防庁ならびに、都内各消防署では、胸をなでおろしていた。「地震発生のおそれあり」と、内閣調査室から密かに連絡があってからというもの、緊張の連続を強いられていたのだ。

大きな二次災害の報告も入って来ない。各消防署では、とりあえず、ヘリコプターの帰還を命じた。

地震がきた瞬間に、陣内は、自分の席を離れ、室長室に駆け込んでいた。

下条は、立ったまま、両手を机についていた。

「きたな……」

下条の顔は蒼ざめていた。

「この建物のなかにいる限り心配はありません」

さすがの陣内も緊張していた。

しかし、地震はじきにおさまった。

拍子抜けした顔で下条が言った。

「意外に小さかったな」

「これでは、騒ぎの起きようがありませんね」

「真津田一族とやらは、地震の規模を読み違えたのかな」

「さあ……」

陣内は、不機嫌そうだった。

わずかの間であれ、小さな地震に対してうろたえた自分が不愉快だったのだ。「私たちは、過剰に警戒をしていたのかもしれませんね」

「警戒のし過ぎということはない。大事に至らなくて、何よりだったじゃないか」

陣内は、肩をすくめた。

「私は、作業にもどります。必ずや、真津田一族とやらのしっぽをつかんでみせますよ」

地震は一応去った。

誰もが安堵(あんど)の表情を浮かべているかに見えた。

しかし、政府諸機関のなかで、唯一緊張を解こうとしない部署があった。

気象庁地震予知情報課だった。

課員たちは、地震が去ったあとも、蒼ざめた表情で、記録をまとめ、次々と報告書を作成していた。

「間違いない」

課員のひとりがつぶやいた。

「海底火山の活動だ。これだけじゃ、絶対にすまんぞ」

「なんだ、こんなもんか？」

地震がおさまり、松永は言った。

「こんな地震じゃ、害は起こりゃしない」

「そうですね……」

片瀬は眉根にしわを寄せていた。

「確かに地震は起きた。だが、その規模は思ったより小さなものだった。真津田一族の計略は失敗したってことになるな。やつら、地震の大きさを読み違えたんだ」

「そうは思えません」

片瀬はきっぱりと言った。「真津田一族が、そんなことで誤りを犯すというのは考えられないんです。彼らは、必ず目的を果たすはずです」

「しかし、実際に地震はそれほどの効果をもたらさなかった。どんな連中にだって失敗はあるさ」

「これだけで終わるとは思えません」

「取り越し苦労かもしれない。今ごろ、真津田一族の連中はしっぽを巻いて山のなかへ逃げ帰っているかもしれない」

「そうだといいのですが……」

片瀬の思いは、杞憂に終わらなかった。

約三十分後、再びすさまじい地鳴りが、東京の街をふるえ上がらせた。

二時五十五分、すべての建物の床がはね上がるように衝撃的な激震がやってきた。

震度六の強震――激しい地震は一分間近くも続いた。

この地震は、関係省庁にとって、まさに、フェイントのあとの強烈なカウンターパンチとなった。

すべての交通機関は停止した。

首都高速では事故が頻発し、一般道路でも建物の倒壊や道路そのものの破損のため、各所で通行不能となっていた。

木造家屋の密集地では火事が発生していた。あわてて逃げまどう人々で、細い路地がうまってしまう。

火が住宅をおおいつくすのは、意外なほどに速い。

あるアパートに火が移り、ガスの元せんを締めずに外出していた住居人の部屋で、爆発が起こった。

ガス爆発は、両隣と上の階の部屋をあっけなく吹き飛ばし、まがまがしい穴をうがった。

逃げ遅れた数人の居住者が、爆発で即死した。

同様のガス爆発が都内数カ所で起こったが、いずれも、うっかりとガスの元せんを締めずに住居人が不在にしている部屋で起こったものだった。

火事は大小合わせて十五件を数えた。そのうちの七件は、電話不通地域で起こった。発見は早かったものの、消防署への連絡が遅れ、思わぬ大火になったところもあった。自力で消火活動、救助活動を行なおうとし、焼け崩れる建材の下敷きになる犠牲者も少なくなかった。

大小の叫び声や、罵り声が充満した。

家屋やブロック塀の倒壊によるけが人も続発した。

夢中で家を飛び出した子供たちの上に、ブロックの固まりが崩れ落ちた。

母親は悲鳴を上げて助けようとするが、ブロック塀の重さはいかんともしがたい。

足をつぶされ、あるいは頭から血を流し泣き叫ぶ子供の声と、周囲の人に助けを求める母親の悲痛な叫び声が、轟音のなかで、あまりに無力に聞こえた。

繁華街の地下道では、地上に出ようと人々が出口の階段に殺到し、多くのけが人を出していた。

ショッピング街を兼ねている地下街では、いっせいに人が駆け始めた。

突然の人の津波に、老人や、店の女子店員が呑まれた。

倒れた人々の悲鳴はあっさりと無視された。

駆けている群集が、同様の悲鳴を上げているので、まったくかき消されてしまったのだ。

倒れた人につまずき、さらに転ぶ者が続発し、床に倒れた犠牲者は、ことごとく駆け出す一群に踏まれ、むなしく悲鳴を上げた。

出口の階段では、人々が押し合い、また先行する者をかきわけ、すさまじい叫び合いを繰り広げていた。

階段を転げ落ちる人が、下からよじ登ろうとする人間にぶつかり、ともに転落する。

何人もの人が出血し、皆、血で服を汚していた。それでも何ごとかわめきながら、地上へ地上へと人の波は突進していった。

古い地下街では、すさまじい恐怖が通行人をとらえていた。

天井がくずれ、逃げまどう人々の頭上からコンクリートの固まりが降ってきたのだ。

血を流して倒れていく人を見ても、どうすることもできなかった。人々はただ地下道の両端にうずくまり、ありったけの声を上げているだけだった。

さすがに耐震構造の高層ビル街では、建物の破損は少なかった。しかし、高層ビルは、一般の建物とけた違いの人数を呑み込んでいる。あわてふためく人々による人災は防ぎようがなかった。

非常階段に人々が殺到し、何人もの人が人の波に押されて、悲鳴を上げながら転げ落ちた。人々は、階段の途中で倒れている犠牲者を決して助け起こそうとはせず、またぎ越し、あるいは踏みつけて先へ先へと進んだ。

また、いくつかの高層ビル内では、エレベーターが自動的に停まり、なかに人が閉じ込められていた。

女性たちの悲鳴が最初のショックを表していた。

時間が経つにつれ、人々は異様な窒息感を覚え、ついに、何人かがパニック状態になって泣き叫び始めた。一過性の閉所恐怖症だった。パニックは伝染し、人々は、エレベーターの壁をむなしく叩き続けた。

一息ついていた消防庁ならびに都内各消防署は、あっという間にパンク寸前の状態に追い込まれた。

道路には、一時的に乗り捨てられた車が満ちあふれていた。住宅密集地では、家屋やブロック塀が倒れ、細い路地がふさがれてしまった。

消火活動、救助活動の妨げとなるものは、数え上げればきりがなかった。

都内中に、消防車、救急車のサイレンが、ひっきりなしに響きわたったが、事故や二次災害はいたるところで起こっており、とてもすべてを処理しきれるものではなかった。

「まさに壊滅的な打撃だ」

室長室を出て、内閣調査室にたたずみ、下条はつぶやいた。

その表情には、不思議なことにむしろ晴れやかで楽しげなところさえあった。

室内はひどいありさまだった。

ロッカーが倒れ、中身が床にぶちまけられていた。机上にあったカップや灰皿が床に落ちてくだけ、壁にかけてあった額の類はことごとく落下していた。散乱した書類を、室員や調査官たちが必死で整理しようとしている。

ひとり陣内が机に向かって、何ごとか考えていた。

下条は背後から陣内に近づいた。

陣内はじっと一枚の書類を見つめていた。人事ファイルのようだった。

陣内は振り返りもせずに言った。

「室長。どうやらつかまえたようです」

「何をだ」

陣内は微笑を浮かべてようやく振り返った。

「この女性が、しきりに片瀬直人の戸籍その他をさぐり回っていました。水島邸の周囲をうろついていたこともあります。われわれのスタッフは、この女性が目的の人物であることを百パーセントの確率で断言しています」

下条はうなずいた。

「何者だ？」

陣内は、人事ファイルを手渡した。

「灯台もと暗し……」

「総理府の職員じゃないか」

陣内は言った。

「松田春菜、二十五歳。たいへんな美人ですよ」

「知っているのか？」

「職場の花といったところですか――有名ですからね。評判の娘なんですよ」

下条は関心を示さなかった。

「君は、この大地震のなか、そうやってデスクにしがみついて、書類を読みあさっていたのか？」

「ほかにすることがありますか？　二度もあわてふためいて醜態をさらす必要はないと思いましてね」

下条は、陣内に対して、普通の人間と同じ反応を期待することの愚かさをあらためて思い知った。

彼は、踵を返しながら言った。

「私の部屋へ行こう。片瀬たちと打ち合わせをしなければならない」

陣内は立ち上がって、下条のあとに続いた。

ふたりが室長室へ入って、ドアを閉めると、ほとんど間を置かず、ノックの音が響いた。

室員のひとりが、一枚の報告書を持って入ってきた。報告書というより、メモに近い書類だった。

下条は、その紙を見つめると、無言で陣内に渡した。

陣内の表情がわずかに曇った。

「災害救助のため、東京都知事が防衛庁長官に対し、自衛隊の部隊派遣を要請……」

彼は、下条の顔を見つめ、ゆっくりとメモの内容をつぶやいた。

世田谷区成城の水島邸では、小火(ぼや)が発生していた。

庭のすみにある物置きから火が出た。

水島太一が不在のため、屋敷内には女手しかなかった。

地震におびえ、戸外に逃げ出した近所の人々が、煙を発見し、水島邸に駆けつけた。

数人の男たちが、消火の手伝いのために、庭のなかへ駆け込んだ。

家政婦が消火器を屋敷内から持ち出してきた。

ひとりの若者が、ひったくるようにその消火器を手にすると、火に向かって白い泡を放射し始めた。

他の者は、台所から、バケツや洗面器に水をくんでリレーを始めた。

水島夕子と静香は、あくまで冷静に立ち振るまっていた。

やがて、サイレンの音が聞こえ始めた。

やってきたのは消防車ではなく救急車だった。

現在、この一帯は電話の不通地域となっている。

にもかかわらず、すぐさま救急車が現れたことに不審を抱く者はいなかった。近所の人たちは、当然、水島太一がもと蔵相であることを知っている。その屋敷に万が一のことがあれば、当然、特別なルートで連絡が取られるのだろうと想像した者が少なくなかった。

もっとも、野次馬(やじうま)の多くは、そこまで考えようともしなかった。

救急車の到着を一番いぶかしんだのは、夕子と静香だった。

「様子を見て来ます」

静香は、夕子に言って、物置きの消火作業の騒ぎをはなれた。

物置きは、屋敷の裏手にある。

静香は、正面の門に向かおうと、屋敷の角を曲がった。

突然、物陰にひそんでいたふたりの男が静香のまえに姿を現した。

そのうちのひとりは、ハフムシと呼ばれる男だった。

静香は、悲鳴を上げる間もなかった。鳩尾（みぞおち）で何か爆発したように感じ、一瞬目のまえがまばゆく光った。

そのまま闇（やみ）のなかへ沈んでいった。

見事な当て身技だった。

空手の心得がある者でも、水月（すいげつ）――鳩尾への一撃で相手を昏倒（こんとう）させることはなかなかできない。古来、柔術にはその技があったが、現代の柔道には伝えられていない。当て身はたいへん高度な打撃法なのだ。

男たちは、用意していた毛布に手早く静香をくるむと、静香をかかえ上げ、堂々とした足取りで正面の門を出た。

白いヘルメットと白衣を身につけたふたりが、無言で、タンカの上に毛布にくるまれた静香を横たえるのに手を貸した。

救急隊員に扮した男たちが、タンカを救急車に運び込む。

ハフムシともうひとりの若者も救急車に乗り込んだ。

救急車は旋回灯を点（つ）け、サイレンを鳴らして走り去った。

15

小火を無事鎮火し、夕子は、手を貸してくれた人たちに丁寧に礼を述べた。

彼らが庭から出て行くと、野次馬たちも姿を消していった。

夕子は静香の姿が見あたらないのが気になっていた。

家政婦は、鎮火した物置きのなかに入って、被害の具合を調べているようだった。

おおげさに嘆く声が、遠く離れた夕子のところまで聞こえてきた。

夕子は、静香の姿を求めて、屋敷の周囲を歩き回っていた。

彼女は、庭のなかに、ひとりの男が立っているのを見て眉(まゆ)をひそめた。

さきほどまで消火作業を手伝っていた男たちのひとりだった。

スーツのいたるところがずぶ濡(ぬ)れだった。

彼はゆるめていたネクタイを締め直すと、夕子に近づいてきた。たくましい体格をした男だった。

夕子は、静かに頭を下げた。

「お嬢さんをお探しですか」

男は言った。

「ええ……」

夕子はうろたえる様子はつとめて見せぬようにしてうなずいた。

男はきわめて深刻そうな表情をした。悲しげですらあった。

「お嬢さんのことは、心配するなと申し上げても無理でしょう。しかし、これだけは信じてください。私どもは、決してお嬢さんに無益な危害を加えたりはいたしません」

水島夕子は、男を黙って見つめていた。その眼には、しだいに厳しい光が宿り始めていた。

絶大な権力の系譜、服部一族の血が作り出す支配者の鋭い眼差しだった。

「どういう意味ですの」

まったくたじろぐ様子を見せずに、尋ねた。

「お嬢さんは、ある目的のために、私たちがおあずかりしました」

「あなたは何者です？」

男はかすかにほほえんだ。

「私の名は、松田速人。真津田の一族の者と言えばおわかりでしょう」

「真津田……」

夕子は無表情だった。「真津田が服部の血を引く人間を誘拐する——あってはならないことです」

「世の中は変化します。変わらぬものは何ひとつありません。そうではありませんか？」

「父のことを——服部宗十郎のことを言っているのですか」

「それもあります」

服部宗十郎の末娘、夕子は小さく溜息をついて、眼をそらした。

「なぜ、今になってあなたたちが静香を誘拐するのかわかりませんわ。父と兄は、すでにこの世にはおりません。私は、水島家に嫁いだ身です。服部の家を継ぐことはできません。娘の静香にいたっては、服部の血を呪ってさえいたのです。服部家はすでに滅び去ったのです」

「確かに、服部宗十郎氏の時代は終わりました。ひとつの服部家は倒れたのです。しかし、本当の服部の血がまだ残っているではありませんか」

夕子は静かに眼を上げて、ふたたび松田速人を正面から見すえた。

松田速人は言った。

「そう。荒服部の王、片瀬直人です。お嬢さんと片瀬直人の仲のことは、もう充分にご存知のことと思います。服部宗十郎氏の血を引いていらっしゃるお嬢さんと、荒服部の王が結ばれる——これを黙って見ているわけにはいかないのです」

「真津田が、父の持っていた権力をすべて引き継ごうとしている——そういう発言と解釈してよろしいのかしら」

「そのつもりです。私たちが服部宗十郎の跡を継ぐのです」

夕子の眼差しはあいかわらず鋭かった。

「荒服部の王を倒すことができると、本気で思っているのですか。私の父と兄たちの力をもってすら、かなわなかった荒服部の王を――」

「そのために――」

松田速人は言った。「あなたのお嬢さん、水島静香さんが、われわれには必要だったのです」

夕子の眼にかすかではあるが、明らかに怒りの色が燃え立ち始めた。

松田速人は、踵(きびす)を返した。

門の方向に去ろうとして、彼はふと足を止めた。

「言うまでもないことと思いますが、警察に連絡するようなことはなさらないようにお願いします。もっとも、私たちのまえには、現在の警察力など取るに足りませんがね。今の、この東京の状態を見ていただければ、わが真津田の力は充分理解していただけるはずです」

松田速人は足早に歩き去った。

水島夕子は、そのとき確かに真津田の力をはっきり悟っていた。

大地震のあとの大混乱のなかでも、報道機関は不屈の生命力を発揮していた。

テレビ・ラジオ放送局は、被害のあった放送設備をすぐさま予備に切り替え、ほとんど空白の時間を作らなかった。

新聞社のコンピューター写植は次々に版を起こし、輪転機はたくましく回り続けた。

報道各社は、にわかに、記者魂を取りもどしたようにすら見えた。

今、東京に秩序を取りもどすためには、自分たちの働きが不可欠だ——各報道機関の記者は、そんな使命感を抱いて飛び回っていた。

松永は、アパートの部屋をかたづけながら、トランジスタ・ラジオのニュースを聞いていた。

地震のために停電しているのだった。まだ日が沈むまでには間があり、不便はなかった。

片瀬も松永の部屋のかたづけを手伝っている。

都内の被害状況や、今後の余震の見込みなどを、アナウンサーが繰り返し述べていた。

ローカル・ニュースになって、松永は、ふと手を止めた。

あわててトランジスタ・ラジオに飛びついて、ボリュームを上げる。

片瀬は、その様子に驚いた。彼は、ニュースを聞き逃していたのだ。

松永の顔色が変わった。

片瀬も手を止めて、ニュースに聴き入った。

カメラマン、佐田和夫の死体が発見されたというニュースだった。

片瀬は、松永の横顔を見つめた。

松永は、拳を握りしめ、テーブルを一打した。

「くそ！　やはり逃げられなかったか」

松永は呪いのうめき声を上げた。

彼は片瀬のほうに向き直った。眼が怒りのために血走っていた。「真津田のやつらにやられたんだ」

「おそらくそうでしょう。でも――」

片瀬は苦しげな表情でうなずいた。

「でも、何だ？」

松永は、興奮しきっていた。片瀬に向かって咬みつくように訊き返した。

「早すぎる――そうは思いませんか？」

「何がだ！」

「佐田さんが殺されるのがです」

「もっと早く死んじまえばよかったとでも言いたいのか」

「そうじゃありません。佐田さんの死は悲しい出来事です。防げるものなら防ぎたかった。実は、こんなに早く佐田さんが発見されるとは思っていなかったのです」

「顔を見られていたんだろう」

「松永さんなら、顔だけをたよりにこんなに早くひとりの人間を発見できますか？　この大都会のなかで。ゲリラたちは、佐田さんの名前すら知らなかったはずなんです」

松永は、ようやく片瀬の指摘に気づいた。

「組織立った調査でなければとても無理だ。それも、きわめて大がかりで、しかも資料を完備しているような組織でなければ……」

片瀬はうなずいた。

「とてもゲリラたちだけの力では、こんなに早く佐田さんを見つけ出すことはできないと思うんです……」

「何だと言うんだ……」

「それはわかりません」

「あんたが言っていた、例の日本版フリーメイソンじゃないのか？」

片瀬は首を振った。

「ゲリラは、今の段階では犯罪者です。ワタリの子孫がそれに手を貸すとは考えられません。しかも、日本のフリーメイソンのようなものとは言いましたが、あくまで組織というよりは講のようなものなのです。つまり、相互に助け合う金融ネットワークなのです。松永さんが言ったような、資料を完備した大がかりな組織というのは当てはまりません」

松永は、じっと考え込んだ。

その表情から怒りによる昂ぶりは去っていた。代わってその顔に表れたのは、油断のないしたたかさだった。

しばしの沈黙を、電話のベルが破った。

松永はさっと受話器に手を伸ばした。

受話器のむこうで陣内が言った。

「真津田のしっぽをつかまえましたよ」

「時々思うよ。あんたたちを敵に回さなくて本当によかったと」

松永はそう言ってから、送話器のマイクを手でおさえ、片瀬に陣内の言葉を告げた。

「それで？」

「まだ、何も手は打っていません。あなたたちに相談するのが先だと思いましてね」

「そいつの居場所はわかっているんだな」

「もちろん、私たちのすぐそばにいます。総理府の職員なんですよ」

「すぐにでも会いたいな。都内の交通はずたずただ。また、俺たちをヘリで運んでくれるとありがたいんだがな」

「至急、手配しましょう。ヘリコプターは、日が暮れると、照明設備のないところへは降りられなくなりますからね」

「場所は、このまえと同じでいいな」

「そうしましょう」

「俺のほうからも知らせておきたいことがある」

「何でしょう」

「例のゲリラの写真を撮ったカメラマンが殺された」

「ほう……」

松永は、片瀬と話し合った内容をかいつまんで説明した。

「……確かに気になる話ですね……」

陣内はひとりごとを言うような口調で言った。「わかりました。警視庁に問い合わせてみましょう」

「佐田という名だ。大学時代からの友人だったんだ」

「ヘリコプターが用意でき次第、また連絡します」

陣内は、それだけ言って電話を切った。

「何と言われました……」

　下条は、信じがたいといった表情で、首相の顔を見つめた。

「防衛庁長官と国家公安委員会は、都の要請を受けて、災害救助のための自衛隊出動について、慎重に協議を重ねた。その際に、ゲリラ問題の解決のメドが立っていないことが、重要なポイントとなった。そこで、防衛庁筋は、自衛隊員たちの身の安全をはかるために、小火器の携帯を許可するよう強く求めてきた。私は、それを承認するつもりだ」

　下条は、自分の顔が蒼ざめるのがわかった。

　彼は、慎重に唾(つば)を呑み込んだ。

「もし、総理がそれを承認なさったら、防衛庁長官は、事実上の治安出動命令を発することになります」

　首相は、鋭く下条を見返した。

「国民や野党に、そう思わせないようにするのが君のつとめなのではないかね。災害救助に自衛隊の部隊が出動するのは、珍しいことではない。かえって国民には好意で受け止められている」

「しかし、隊員が銃を携帯して出動するとなると、事情はまったく異なります」

「そこを考えるのだ。警官だって、拳銃(けんじゅう)を携帯している。市ヶ谷や、防衛庁のまえに立つ歩哨(ほしょう)は、小銃を肩にかけているじゃないか。いいかね、下条くん。事態を考えるんだ。

ゲリラは、いまだに野放しだ。まだ何の手がかりもないのだろう」

「手がかりはありません」

下条はきっぱりと言った。

首相は、目を細めた。

「ほう……。何をつかんだというのだ。私は報告を受けておらんぞ」

「今はまだ申し上げる段階ではないと判断しております」

「私は、すべての報告を君に求めているはずだ。そうではなかったかね」

「申し訳ありません。とにかく、自衛隊員の火器携帯の承認はしばらくお待ちいただきたいのです」

「待ってどうなる。災害救助を求める声は切実なのだぞ」

「自衛隊員出動の際に、火器の携帯の必要がない状況にしてごらんに入れましょう」

「それは、ゲリラをかたづけるという意味か?」

「はい」

「六時間だ。それ以上は待てん」

下条は時計を見た。午後五時を少し回っていた。

「わかりました」

「それだけだ」

下条は一礼して、首相の執務室を出た。

自分の部屋にもどると、陣内を呼び、下条は言った。

「どうやら、わかりかけてきたような気がする」

松永と片瀬の到着を、陣内は総理府の正面玄関で待っていた。

「広報室の会議室へ行きましょう。ここの職員でも、六階へはなかなか行きたがらないものでね」

会議室の一番ドア寄りの席に、松田春菜が腰かけていた。

三人が入って行くと、彼女は緊張した面持ちで立ち上がった。身長が百六十五センチほどあった。

上品なグレーのスーツに包まれた体は、ほっそりとしなやかだった。しかし、どこか、バネのような強靭(きょうじん)な印象があった。

緊張のために表情は固かったが、職場で話題になるのがうなずける清楚(せいそ)な美人だった。色が白く、切れ長の目が小さな唇と、見事な調和をなしている。

松永は、一瞬だが、感嘆の眼差しを送っていた。

三人は、テーブルをはさんで、彼女と向かい合った。

「かけてください」

陣内が言った。「時間がないので、無駄な説明は、はぶきます。松田春菜さん。あなたは、ワタリの民の一派である真津田一族の血族でいらっしゃいますね」

彼女は、緊張の度を高めた。無言で、膝の上に組んだ白い手を見つめている。

陣内はさらに言った。

「そして、今回のゲリラは、あなたがた真津田一族ですね。大地震などの自然現象を利用したゲリラ活動は、あなたたち真津田一族の得意とするところです。そうですね」

彼女はうつむいたまま、何も言わない。

陣内は片瀬に目を向けた。

片瀬はうなずいた。

「これをごらんなさい」

彼は、丁寧に布にくるまれた葛野連の宝剣をテーブルの上に置き、布を解いていった。

松田春菜の眼が、その細長い包みに吸い寄せられていた。

宝剣が現れるにつれて、彼女の眼に明らかな驚きの色が見え始めた。

葛野連の宝剣が、その姿のすべてを露わにした。

彼女は驚きの表情のまま、片瀬を見やった。

陣内が言った。

「そう。この人が、片瀬直人です。あなたがいろいろと調べ回っていた」

宝剣の威力は絶大だった。

松田春菜の表情は、驚きから、畏怖(いふ)に変わっていた。

「荒服部の王……」

彼女はつぶやいた。

片瀬が言った。

「教えてください。僕には、誇り高い真津田の一族が、こんな騒ぎを起こすとは信じられないのです。いったい何があったのです」

松田春菜は、一同の顔を見わたした。

「話してください。お願いします」

片瀬は重ねて言った。

松田春菜は決心したようにうなずいた。

まっすぐに片瀬を見て彼女は言った。

「お話しします。本当は、この問題は、真津田の一族のなかだけで解決したかったのですが、荒服部の王が直々(じきじき)にお尋ねになられるのでしたら、私どもとしては、お話ししないわけにはまいりません」

歯切れのいい口調だが、声は細くて柔らかく、聞く者を心地よくさせた。

「真津田一族のなかだけで……？　どういうことです」

「ご指摘のとおり、私は真津田の一族――それも、荒真津田と呼ばれる一族の血を引いております。今回、騒ぎを起こしたのも、確かに真津田の者です。しかし、彼らは、荒真津田に反逆した一派なのです」

「驚いたね」

松永がうなった。「まるで服部の話を聞いているようじゃないか」

「きっかけは、やはり、服部宗十郎とその息子たちの死でした。ワタリの民は少なからず動揺したのです。そのとき、私たち真津田のなかから、服部のあとを継ぐべきではないかという声が上がったのです。ワタリのなかでは、真津田の一族は、服部一族に次ぐあつかいを受けていますから……」

「歴史的な血脈の格なのです」

片瀬が補足した。

「しかし、荒真津田の長は、その声を退けました。必ずどこかに、荒服部の血を引くかたが生きておられるはずだ。そのかたがいる限り、真津田は、そのかたを越えることは許されない、と……」

「おそろしく前近代的な話だ」

松永が言うと、陣内が肩をすぼめて見せた。

「別に驚きませんね。日本というのは、そういう国なのです。近代化されているように見えるのは、ごく表層的な部分と言ってもいいでしょう」

「政治の中枢のすぐそばにいるあんたが、そんなことを言うのは、ちょっとおもしろくないね」

陣内は黙って再び肩をすくめた。

片瀬が松田春菜に尋ねた。

「ゲリラ活動をやったのは、荒真津田の直系ではないのですね」

彼女はうなずいた。

「ちょうど、荒服部に対する、服部宗十郎のような立場にある人間が中心になっています」

「この写真を見てください」

片瀬は、佐田が命を懸けて撮った五枚の写真を取り出してテーブルの上に並べた。

松田春菜は、写真を手に取って眺めた。

「このふたりは、確かに、荒真津田に反逆したグループのメンバーです。確か、テブリ、セッパと呼ばれているふたりです」

「妙な名だな」

松永が言った。片瀬が解説する。

「山の民(たみ)独特の言葉です。かつて、シノビが、同じような言葉で仲間を呼び合っていました」

「私は、荒真津田の長の命を受けて、彼らの動きを探っていました。そんなとき、荒服部の王が生きており、しかも葛野連の宝剣を持っているという噂を耳にしたのです。私は夢中でその噂について調べ回りました。もし、噂が本当だとしたら、ワタリの民たちの秩序はすぐに取りもどせるのです。荒真津田は、荒服部の王に従い、ワタリの民たちや一般社会に降りたワタリの子孫たちの動揺を鎮めるために働くことになるでしょう」

「だが、そのまえに大きな問題が残っている」

片瀬が言った。「ゲリラたちは、あなた同様に、すでに、僕の存在を知っているでしょう。彼らは、僕をこの世から消し去り、この宝剣を手中に収めようとする……」

「悲しいことですが、あなたの言うとおりだと思います。荒真津田を裏切ったグループのリーダーは、松田速人という名です。彼は、ある人物から、命令を受けて動いていることがわかりました。松田速人は、仲間たちに、真津田一族のために戦っているように思わせていますが、その実、彼にとってすでに、真津田などどうでもよいのです。彼は、いまや、権力の虜となっているのです」

「ある人物……？　それはいったい……？」

「これ以上は、私からは話すことはできません。あなたが望むのならば、荒真津田の長を連れてまいりましょう」

「私たちには時間がないのです」

陣内が言った。「すべてを、あなたに話してもらわねばなりません」

松田春菜は首を横に振った。

「それはできません。許されていないのです。それに、荒真津田の長を連れて来るのに時間はかかりません。彼は、山を降りて、このすぐ近くに宿を取っております」

「ぜひ、お会いしたい」

片瀬は言った。「それも、できる限り早く」

「わかりました」

松田春菜は立ち上がった。「三十分だけお待ちください」

片瀬はうなずいた。

彼女は、一礼して部屋を出て行った。

陣内が片瀬に言った。

「信用していいんですかね。あのまま姿をくらましてしまうことだってできる」

片瀬はかぶりを振った。

「そんな理由はありませんよ。荒真津田の長は、必ず僕に会いたがるはずです」

16

「佐田のことは、調べてくれたのかい」

松永が陣内に尋ねた。

陣内はうなずいた。

「喉をつぶされ、胸骨を砕かれ、さらに、両膝の皿を割られていました。どれもすさまじい苦痛をともなうけがです。致命傷は、脳内出血でした。手口としては、例の二名の警官と同じですね。ちなみに、警官たちは、片瀬さんが言われたとおり、死亡しました」

松永は、無意識に拳を握りしめていた。

「どうしてゲリラのやつらは、こんなに早く佐田を見つけ出すことができたんだ？」

「さあ……」

陣内は小さく首をかしげて見せた。「真津田の特殊な能力なんじゃないですか？」

「そんなはずはありません」

片瀬が否定した。「確かに真津田一族は、シノビの技術に秀(ひい)でています。しかし、ただの人間には変わりありません。しかもさきほどの話から考えて、ゲリラ活動をしている真津田の連中は、それほど多人数だとは思えません」

「それじゃあ」

陣内は言った。「逃げるときに、現場に何か手がかりになるようなものを落としたんじゃないですか」

「そんなヘマをやらかすもんか。あいつは、カメラひとつでいくつも修羅場をくぐってきた男だったんだ」

「いずれにしろ、私たちには、何もわかっていないのです」

「あんた、何か隠してるんじゃないか？」

「何を隠す必要があるというのですか」

「それを、こっちが訊いてるんだよ」

「考え過ぎはよくありませんな。ま、お友達があんなめにあわれたんだ。お気持ちは、お察ししますがね。冷静になられることです」

「俺は、冷静さ。だからわかるんだ。あんたの態度が急にうさんくさく見えてきた」

陣内は無言で小さくかぶりを振った。

さらに松永が何か言おうと、口を開いた。

だが、その言葉はノックの音でさえぎられた。

「お待たせしました」

松田春菜が姿を現した。「ご紹介します。荒真津田の長、松田啓元斎です」

松田啓元斎は、七十歳を過ぎた白髪の老人だった。

長いひげをたくわえているが、そのひげも純白だった。

ダークブラウンの三つ揃(ぞろ)いのスーツをぴしりと着込み、緑色のネクタイをしめていた。

陣内と松永は、意外そうな顔で、老人を見た。

山間で、シノビの祖の血筋を守り伝えながら暮らしている一族の長——その素性から、彼らは、獣皮でもまとった姿を勝手にイメージしていたのだ。

目のまえの荒真津田の長は、すばらしくダンディーだった。

「よく来てくださいました」

片瀬は言った。

松田啓元斎は、よく光る眼で片瀬を眺め回し、やがて、その眼に柔和な笑みを浮かべると、深々と頭(こうべ)を垂(た)れた。

「荒服部の王がお呼びとあらば、たとえ、地獄へでも馳(は)せ参じますわい」

彼はテーブルの上の葛野連の宝剣に眼をやった。

「拝見してよろしいでしょうかな」

「どうぞ」

片瀬は、言った。

松田啓元斎は、直接宝剣には手を触れぬように、布ごと持ち上げ、一度おしいただいてから、仔細に眺め回した。

「わしも、本物を拝んだのはこれが初めてじゃ。なるほど、聖なるウメガイか……」

「単なる鉄の剣に過ぎません」

片瀬が言った。「宝剣は、それ以上のものでも、それ以下のものでもないと僕は思っています。本当に尊いのは、僕の体やあなたがた一族に流れている血脈なのだと思います」

「確かに……」

松田啓元斎は、宝剣を静かにテーブルにもどした。

「しかし、その尊い血脈を証明するものは、唯一この宝剣なのでございます。決して軽んじられてはいけません」

「心得ておきましょう」

陣内が口をはさんだ。

「申し訳ないが、われわれは時間が惜しい。さっそく、詳しい話を聞きたいのだが……」

片瀬はうなずいて、全員に着席をうながした。

「今回、東京都内を混乱に陥れるゲリラ活動をしたのは、真津田一族の者に間違いはないが、荒真津田に反逆した一派だということですが……」

「そのとおりでございます」

松田啓元斎はうなずいた。「まことにお恥ずかしい限りですがな……。わしがいたらぬばかりに、このようなことになってしまいました」

「荒真津田に反逆した一派は、ある人物にうまくあやつられているというようなお話でした。彼らをあやつっている人物というのは、いったい何者なのか——それをお話しいただけませんか」

松田啓元斎は、苦慮しているようだった。その眼はじっと、葛野連の宝剣を見つめている。

ややあって、彼は眼を上げぬまま話し始めた。

「本来ならば、決してお話しできないことでございます。わしは、真津田のなかだけでことを解決しようと山を降りてまいりました。しかし、荒服部の王が乗り出されたからには、お話ししないわけにはまいりますまい」

松田啓元斎は、眼を上げて、片瀬ら三人の顔を順に見すえた。

「真津田をはじめとするワタリの民の子孫が、多く里に降りて、一般社会のなかで生活しているのはご存知でしょう。そのなかには、学者もいれば、政治家もおります。今回、真津田のなかの一派を率いる松田速人をあやつり、このような騒ぎを起こさせたのも、そういった、一般の社会に降りたワタリの子孫なのでございます」

「想像はついていました」

片瀬は言った。「服部宗十郎の死がからんでいると睨んだときから、きっとワタリの民の末裔が糸を引いているのではないかと……。その人物は、社会的にも高い地位にいる人物なのですね」

「政治家です。それゆえに、なおさら、わしらは、秘密裡にことを運びたかった。しかし、この孫が――春菜が、あなたがたに正体を知られてしまったのでございます」

「春菜さんは、あなたのお孫さんでしたか」

「はい」

「それで、その政治家というのは……？」

「ここまで、お話ししたのですから、すべてを申し上げましょう。松田速人を動かし、騒動を起こさせたワタリの子孫は、法務大臣の鳴神兵衛でございます」

「信じられんな」

松永が心底驚いた表情でつぶやいた。「鳴神法相だと……？　いったい法務大臣は何の目的で、こんな大騒動を起こさせたんだ？」

松田啓元斎は、ゆっくりとかぶりを振った。

「わしにもそこまではわかりません。何かの政治的な目的があるに違いないと考えております。ただ、わしに言えるのは、鳴神と松田速人の行為はワタリの民として、断じて許してはならないということです」

「どういう意味でしょう」

片瀬が鋭い眼差しを松田啓元斎に向けた。

松田啓元斎は、いっこうにひるむ気配を見せず、同様の眼光を片瀬に向けてこたえた。

「言ったとおりの意味でございます」

「どう思う」

松永は陣内に尋ねた。

「にわかには信じがたい話ですね」

「だが、俺には納得がいくような気がする」

「なぜでしょう」

「佐田の一件さ。法務大臣がからんでいるとすれば、松田速人とやらの一派が、あんなに短時間であいつを探し出したことの説明もつく」

「なるほど……」

「彼の言ったことが本当だとして、鳴神の目的は何だと思う?」

「さあ……。見当もつきませんね」

「急に頭の回転が悪くなったようだな」

「もともといいほうじゃありません。あなたほどにはね」

松永は、それ以上の追及をあきらめた。この陣内は、一度心のシャッターを降ろしてしまうと、何が起こっても開けようとしないタイプの男だった。

松永はそのことをよく知っていた。陣内のほうから話す気になるのを待つしかないのだ。

「地震は去り、東京の都市機能は次第に回復していくでしょう」

松田春菜がひかえめに発言した。「時間はかかるでしょうが、必ず東京はもとどおりになります。松田速人は、都民を不安のどん底につき落とすことで、当初の目的を果したと言えます。松田速人の役目はここで終わるはずでした。しかし――」

片瀬がうなずいた。

「僕と葛野連の宝剣が出現したことで、そうはいかなくなった、ということですね」

「そして、もうひとつ……。彼らは、あなたと水島静香さまのことも知ったはずです」

松永が、はっと彼女の顔を見た。

「やつらが水島静香を放っておくはずがない！」

松永は片瀬を見やった。「彼女は、あんたの唯一の弱点と言っていい」

「しかも――」

松田春菜は言った。「松田速人たちにとっては、片瀬さまと水島静香さまの関係は、荒服部のもとに、服部の血筋がひとつになるという重大事でもあるわけです」

松永が立ち上がって、陣内に言った。

「すぐに水島邸へ行こう。パトカーを用意してくれるか?」

陣内はうなずいて、会議室にあった電話に手を伸ばした。

片瀬は、宝剣を手早く布にくるんだ。

彼の眼は悲しみをたたえていた。

水島静香をそっとしておいてやれないことが、どうにも腹立たしく悲しいのだ。

「パトカーは五分でやってきます」

陣内は、電話を切って言った。

松田啓元斎は松田春菜に言った。

「おまえもごいっしょしなさい。もとはといえば、真津田一族の問題なのだから。わしが行くべきなのだろうが、わしは別にしなければならないことがある」

松田春菜は言った。

「わかりました」

「危険です」

片瀬が松田啓元斎に言った。「彼女は、来ないほうがいい」

松田啓元斎は首を横に振った。

「真津田一族としては、誰かをごいっしょさせないわけにはいかないのです。われわれの力を見くびらんでいただきたい。決して足手まといにはなりません」

片瀬はそれ以上反論しようとしなかった。

「行くぞ」

松永がまっさきに会議室を出て行った。

次に陣内が続いた。

片瀬はドアのところで立ち止まり、振り返って松田啓元斎の顔を見つめた。

老人の表情はおだやかだったが、ある種の決意が感じられた。

片瀬は言った。

「あなたのほうも、決して無茶はなさらないでください」

松田老人はあたたかなほほえみを浮かべた。

「お言葉、ありがたくちょうだいいたします」

片瀬は、踵を返すと松永たちのあとを追った。

松田春菜がそのあとにぴたりとついて行った。

荒真津田の長は、あわただしく皆が出て行ったあとで、たくましい足取りで総理府をあとにした。


静香が意識を取りもどしたのは、暗い寝室だった。

彼女はダブルサイズのベッドに寝かされていた。

右手の壁には、豪華な収納ユニットが組み込まれている。

シーツは清潔だった。純毛の毛布の下に、上がけのシーツが使われ、ホテルのように、丁寧にベッドメーキングがしてある。ベッドカバーには、決して派手ではないが、たいへんに手の込んだペルシャ風の刺繍がほどこしてあった。

床には、くるぶしまで埋まってしまいそうな絨毯が敷きつめられている。

壁ぎわに置かれているスタンドランプも、見るからに高価そうなものだった。

きわめて居心地のいい部屋で、静香は、どうして自分がそこにいるのか、咄嗟には思い出せなかった。

次第に現実感を取りもどし、彼女はようやく、物置きの小火を思い出した。

静香は、あわててベッドから降りた。自分が何者かに誘拐されたのだということを悟ったのだ。

彼女は、厚いカーテンを開いた。その裏にさらに美しいレースのカーテンがあった。

窓の外はすでに暮れかかっていた。

青い闇のなかに、街の灯がまたたき始めている。

彼女は、その部屋が少なくとも七階か八階の高さにあることを知った。

そこから眺めると、東京の街に残された地震の傷あとはほとんど見えなかった。

左手下方に、こんもりとした林のようなものが見える。墓地のようだった。

ドアが開く音がして、彼女ははっと振り返った。

松田速人が立っていた。

静香にとっては初対面の男だった。彼女は、警戒心を全身に露わにした。

松田速人は部屋の灯(あか)りをつけた。落ち着いた間接照明が点(とも)って、部屋の豪華さがいっそうひきたった。

「失礼は充分に承知のうえで、あなたをここへお連れしました」

松田速人はそう言ってから、名乗った。

静香は、ゆっくりと息を吸い込んでから言った。

「何が目的ですか」

「荒服部の王——片瀬直人と、彼が持つ宝剣です」

静香は、思わず、カーテンを力いっぱい握りしめていた。

「片瀬直人のアパートに連絡しようとしているのですが、彼は、ずっと留守のようです。彼がどこにいるか、ご存知ありませんか？」

静香は、かぶりを振った。

「知りません」

「そうですか……」

「電話が不通になってから、話もしていないんです」

「まあいいでしょう。あなたがここにいる限り、彼は必ずここをつきとめてやってくる——私はそう信じていますよ」

静香は眼を伏せた。

「それまで、あなたには、この部屋にいていただくことになります。失礼のないように心がけますが、それもあなたの態度次第だということを覚えておいてください」

松田速人は部屋を出てドアを閉じた。

静香は窓ぎわをはなれ、ドアに耳を寄せた。

数人の男たちの声が聞こえた。

彼女は力なくベッドに腰を降ろした。

服部の血が、まだ自分を解放しようとしていないのだと彼女は思った。

彼女は、嘆いたり悲しんだりすることはやめようと心に誓った。

これが自分に与えられた運命なら受けてやろう——彼女は思った。

片瀬直人と結ばれるために、避けて通れない戦いなら、自分なりに戦うしかないのだと、彼女は決意した。

17

松永は、水島夕子がためらいもなく片瀬直人を邸内に招き入れたことを意外に思った。父親である服部宗十郎や、兄たちを、この世から葬り去ったのは、ほかでもない片瀬直人や松永、そして陣内たちなのだった。

水島夕子は、まったく感情を表さずに、片瀬、松永、陣内そして松田春菜の一行を応接間に案内した。

松永にとっては、忘れられない応接間だった。かつて、ここから笠置山中の服部宗十郎の屋敷へ連れ去られたことがある。

「静香さんの無事を確かめにやってまいりました」

片瀬は水島夕子に言った。

夕子は、まっすぐに片瀬を見つめていた。

「そのことで、あなたに連絡を取ろうと思っておりました」

「何かあったのですね」

「真津田の人間が、静香を連れ去りました」

片瀬は唇を咬んだ。

誰よりも悲嘆の表情を見せたのは、松田春菜だった。彼女は、真津田一族としての責任を強く感じているのだ。

水島夕子は、昼間の出来事をかいつまんで説明した。

「そうですか……」

片瀬はうなずき、松田春菜を紹介した。

彼女は、真津田一族で何が起こっているかを夕子に話した。

「やはり、血脈が戦いを呼ぶのでしょうか……」

初めて夕子は感情の動きを見せた。彼女は疲れたように眼をそらした。「荒服部に戦いを挑んだわたくしの祖先の血筋……。その報いは永遠に続くのかもしれません。服部は、あなたがた荒服部の人々を葬ってまいりました。あなたのご両親も、わたくしども服部が……。でも、その戦いも、父、宗十郎の死で終止符が打たれるものと思っておりました。その安堵感のほうが、肉親を殺された怨みよりも、ずっと大きかったのです」

松永は、夕子が片瀬を憎んでいない理由がおぼろげながら理解できるような気がした。

夕子はさらに言った。

「わたくしども服部の間には、肉親の情というものがほとんどありませんでした。父、宗十郎が晩年、孫娘の静香をたいへんかわいがっておりましたが、それが唯一の例外と言えたでしょう。その静香すらも、荒服部との戦いのために利用しなければならなかったのです。権力のための代償——父や兄は、よくそう申しておりました。父が生きている間は、いやおうなくその言葉を信じさせられていたのです。しかし、その代償があまりに大き過ぎたのではないかと思うようになりました」

一同は何も言わず、水島夕子の話に耳を傾けていた。

夕子は、片瀬の顔に眼をすえると、きっぱりと言った。

「荒服部のもとに服部の血がひとつになる。これは、私たちの戦いを終わらせる最良の道なのです。どうか静香を救ってやってください。あの子を幸福にできるのは、あなたしかいないのです」

「そのためには、まず、彼女を助け出さねばならない」

松永が言った。「居場所を探すことだ」

「私には、だいたい見当がついていますがね」

陣内が初めて発言した。

「何だって！」

松永が驚いた表情で陣内の顔を見た。

「あなたらしくもないな、松永さん。これまでの話を総合すると、あなたにだってわかりそうなものだ。私たちがかつてやったようにホテルに軟禁するわけにはいきません。私たちは、ホテルの一階全部を政府の名においてＶＩＰ宿泊あつかいにした。ゲリラには、そんなまねはできない」

「確かにホテルは人目が多くて面倒ごとが起こる危険がある」

「大臣クラスの政治家になると、都内にマンションのひとつやふたつ、隠し財産として持っているものですよ」

松永は陣内の言おうとしていることを悟った。

「調べ出せるか?」

「見くびらんでいただきたい」

陣内は夕子に向かって言った。「電話を拝借したいのですが……」

「残念ながら、電話はまだ不通でございます」

陣内はうなずいて立ち上がった。

「パトカーの無線を使いましょう。ちょっと失礼」

陣内は応接間を出て行った。

松田春菜が水島夕子に言った。

「これだけは信じてください。今でも、荒真津田は、変わらずに服部の血脈を尊び、慕(した)っているのです」

夕子はおだやかにうなずいた。

「お話はよくわかりました。わたくしは、真津田の一族を憎む気持ちはありません。今は、ひとりの母親として、娘のことを心配しているのです」

五分ほどで陣内がもどってきた。

「私は、役所に戻らなくてはならなくなりました。どこか電話の通じるところで待機していてもらいたい」

「おたくの役所じゃだめなのかい？」

松永が尋ねる。

「問題が微妙になってきましたのでね……。私としては、皆さんと別行動を取りたいのですが……」

「修羅場(しゅらば)への道連れはごめんというわけか。誰のおかげでここまで調べ出せたと思ってるんだ」

「協力には感謝します。だから、今後も必要な情報は提供するつもりです」

松永が何か言おうとしたのを、片瀬がさえぎった。

「そのほうがいいと思います。ここまできたら、荒服部と真津田の問題なのですから」

「あんたがそう言うなら……。俺のアパートで連絡を待つとするか」

陣内はうなずいた。

「パトカーでお送りしましょう」

一行は応接間を出た。

夕子は門のところまで見送りに出た。

片瀬は、パトカーに乗り込む直前に、振り返り、夕子に言った。

「荒服部の血に誓って、静香さんを無事に連れもどしてきます」

「鳴神法務大臣……」

下条は陣内の報告を聞いて、うなずいていた。「あの緊急措置の組織図を見たときから、何か気になってはいたのだが……」

陣内はいつもの眠たげな表情で言った。

「私たちまで、まんまとはめられたようですね」

「おかしいと思っていたんだ。地震の件に関してもそうだ。いくら地震の情報を首相にとどけても、総理は無視し続けた。まるで、予防措置を故意に遅らせているようですらあった。警戒宣言はついに発令しなかった。これは、被害を最小限にくい止めようとする態度ではない。むしろ逆だったんだ」

「鳴神法務大臣の計画を、より効果的にするために……」

「そうだ。総理と鳴神法相で組んだ大芝居(おおしばい)だったのだ。何のためだかわかるか? 陣内」

「自衛隊の災害救助活動の際に、火器の携帯を承認しようとしているとか……。そのことに関係ありそうですね」

「おおいにあるとも。首相官邸のホワイトハウス化だよ。緊急事態に、いかにすみやかに首相官邸にあらゆる権限を集中させ得るか。それが、総理のテーマなのだ。今回の緊急措置令の組織図がそれを物語っている。今回のこの措置を前例として既成事実化するつもりなのだ」

「自衛隊の件も、その一環なのですね」

「そう。きわめて重要な……」

「しかし、自衛隊の治安出動が歴史上初めて行なわれることになります。すこぶる不名誉なことです」

「総理は、あくまでも災害救助のための出動だと言い張っている。だが、火器をたずさえて出て行けば、君の言うとおり、事実上の治安出動ということになる」

「東京が戒厳令下におかれることになりますね」

「許されることではない。断じて治安出動だけは避けねばならない。今回は、明らかに総理の暴走だ。鳴神がうまくそそのかしたに違いない」

「鳴神法相の表面上の目的は、公安・警備体制の強化。そして、真の目的は、服部宗十郎が持っていた権力……」

「その線にまちがいないだろうな」

下条は時計を見た。「もうじき七時だ。私たちに与えられた時間は、あと四時間しかない」

「ゲリラたちの居場所は、じきに判明すると思います。しかし、問題は、人質です」

「水島元蔵相の娘だな――」

「それだけではありません。彼女を見殺しにするとなれば、われわれは、片瀬直人や荒真津田一族を敵に回すことになりかねません」

「やっかいだな。警官隊で包囲するのは簡単だが、事態が膠着化するのはまちがいない。そうなれば時間切れになってしまう」

「ゲリラには、ゲリラを――その手しかありません。タイミングを見はからって、司法介入する。その時点で、ゲリラ一味逮捕の宣言を出すのです」

「それしか手はなさそうだな。くれぐれも、片瀬直人たちの心証を害さないことだ。そして、ゲリラ逮捕の宣言までの時間は、あと四時間が限度だ」

「わかりました」

ノックの音がした。

調査官のひとりが、紙片を陣内に渡してすぐに姿を消した。

「何だ?」

下条が尋ねた。

「鳴神法相が都心に持っているマンションです。所在地がわかりました。南青山です。

水島静香は、まちがいなくここに軟禁されているでしょう」

「すぐにわがほうのゲリラたちに連絡を取ることだな。彼らはどこにいるんだ」

「松永のアパートで待機しています。さて、私たち自身の今後の対応ですが……」

「潮時だ。そうは思わんかね」

「同感です。あとは片瀬たちと警視庁の領分です」

「そう……。私たち自身の手で総理の計画を叩(たた)きつぶすことはない。あとは報告だけでいいのだ」

陣内はうなずいて、部屋を出て行った。

下条は、ふと自分自身に対して言い訳をしたい衝動にかられた。

「これが、与えられた私の立場なのだ」

彼は、低く声に出してつぶやいていた。

東横線など大手私鉄は運転を再開していたが、地下鉄の一部はまだ不通だった。

日が落ちても、遠く近く、消防車や救急車のサイレンが聞こえている。

夜になると、人々は早々に家に引き揚げ、都内の一般道路は、嘘(うそ)のようにすき始めていた。

交通事故や、道路・建物の倒壊で交通規制されている箇所は多いものの、昼間ほどの不自由はなく走れるはずだった。

松永は、陣内から連絡を受けると、愛車のシルビアで南青山に向かうことに決めた。鳴神法務大臣がからんでいるということもあり、これ以上の陣内の援助は期待できないと見切りをつけたのだ。

この判断は正しかった。

陣内は、決して松永たちと合流するとは言わなかった。

松永は、助手席に片瀬を、後部座席に松田春菜を乗せ、シルビアを飛ばした。

陣内が告げたマンションは、青山墓地を見下ろす高級マンションだった。

レンガ色の外壁はまだ真新しかった。

広い玄関の両脇には、形よく刈り込まれた灌木(かんぼく)の植え込みが一列に並べられており、ライトがその緑をあざやかに浮き立たせている。

玄関のホールには、暗紅色の絨毯(じゅうたん)が敷かれている。

ホールに、各部屋に通じるインターホンがあり、さらにその奥に、ロックされた頑丈そうなガラスドアがあった。

インターホンで連絡を取り、部屋からそのドアの錠を解除してもらわないと、エレベーターホールへは行けないのだった。

松永は、ゆっくりと、シルビアでマンションを一周して、それだけのことを見て取った。

　マンションの正面に向かって左脇に、小さな公園があった。

　公園は木が茂っていて暗かった。

「あのあたりに何人かひそんでいそうだな」

「当然、警戒しているでしょうね」

　片瀬は松田春菜に尋ねた。「松田速人の一派は全部で何人なのですか？」

「彼を入れて、十二人です」

「十二人か。いい人数だ。キリストの十二使徒……。アメリカやイギリスの陪審員も十二人だったな」

「手強い術者ばかりです。気をつけないと……」

　松田春菜が緊張した声音で言った。

「手勢を集めて来るべきだったかな」

　松永が言った。「荒真津田の連中は手を貸してくれないのかい」

　松田春菜は言い淀んだ。

　代わりに片瀬が答えた。

「荒真津田の人々には、彼らなりの大仕事があるのです」

　松永は、それ以上追及しようとしなかった。彼は話題を変えた。

「ひとつ気になることがあるんだがな、片瀬」

「何でしょう」

「下条と陣内の動きだ。どう見る？」

「警察が出て来ないことには、社会的に決着がついたことにはなりません。当然、警視庁にも連絡を取っているでしょう」

「その警察が、俺たちをどう扱うか、だ。警官たちが、俺たちだけを区別できるとは思えない」

「僕たちと、松田速人の一派の戦いが始まったら、その混乱をついて、僕らごと一網打尽……」

「そんなところだろう。だから、早いとこけりをつけて、警官たちから逃げることも考えなければならない」

「どうします？」

「この車をおさえられたら、お手上げだ。車は、警官たちの包囲網の外に置いたほうがいい。青山通りに路上駐車しておこう。ここからの距離は約三百メートル。水島静香を助け出したら、一気に駆けるんだ」

片瀬と松田春菜は同時にうなずいた。

「さて、片瀬。どうやって敵陣に乗り込むかだが……」

「正面から堂々と入って行くしかないでしょう。これだけ防犯設備の完備したマンションなんですから。それに、彼らの目的は、あくまでも、この僕と宝剣なのです」

「問題は、やはり逃走路だ。どう考えても、強行突破しかないな」

「松永さんには、マンションの周辺のことをお願いします。僕と春菜さんで部屋へ行きます」

「俺は遊軍というわけだな。わかった」

松田春菜は松永に言った。

「くれぐれも気をつけてください。松田速人の一派は、禁じられた真津田の拳法(けんぽう)を使います。これは、おそろしい拳法です」

「あんたみたいな美人にそう言われると、悪魔とだって戦えそうな気がする。心配ない。やつらの手口はわかっている。こっちは、悪友をひとり殺されてるんだ」

「さ、僕たちは行きます」

片瀬が、布に包んだ宝剣をたずさえて言った。「僕たちが降りたら車を移動させてください」

「わかった」

松永はうなずいた。

品川区勝島の第六機動隊は、レスリング小隊の異名を持つ。

他の機動隊はすべて一チームだが、このレスリング小隊だけは二チームを擁している。

その第六機動隊内に、約七十名の特別中隊がある。

彼らは、各機動隊から選出されたエキスパートで、連続二十発の連射が可能な西ドイツ製の自動小銃で武装している。狙撃や突入の充分な訓練を積んでいる、いわば日本版スワットだ。

彼らに、出動命令が下った。


片瀬は、陣内に教えられた部屋番号――七〇一号室のインターホンのボタンを押した。

回路が開く電気音がして、高域成分が強調された小径スピーカー独特の声が響いた。

「どなたですか」

若い男の声だった。

「片瀬直人といいます」

インターホンは沈黙した。

しばらくして、エレベーターへの廊下をさえぎっていた、ガラスのドアの錠が解ける金属音が響いた。

片瀬はドアを押し開けて、エレベーターへ進んだ。松田春菜がぴたりと後に続いた。

七階でエレベーターを降りる。

七〇一号室は、廊下の一番奥にあった。

片瀬は、無造作にドアチャイムのボタンを押した。

18

部屋のなかには六人の男がいた。

ほとんどが緊張を露わにしていたが、ただひとり、スーツ姿の男は、すべてがわが手中にあるとでも言いたげに落ち着き払っていた。

彼は言った。

「ようこそ。荒服部の王、そして荒真津田の長のお孫さん」

松田春菜が片瀬にささやいた。

「彼が、松田速人です」

片瀬は部屋のなかを見回した。

佐田が撮った写真に写っていた若者たちはいなかった。

「まあ、おかけになりませんか」

松田速人は、黒革張りのすわり心地のよさそうなソファを、てのひらで示した。

片瀬は松田速人を見すえて言った。

「長居するつもりはありません。僕は水島静香くんを救い出しに来たのです」

松田速人は訳知り顔にうなずいた。

「具体的な話に入るまえに、あなたが、本当に片瀬直人、つまり荒服部の王だという証拠を見せていただきたい」

片瀬は、宝剣をかかげ、その布の包みを解いていった。

黒光りする葛野連の宝剣が現れた。

ひそやかに息を呑む声が聞こえた。

五人の若者たちは、初めて拝む伝説の宝剣に気圧されていた。

「いいでしょう」

松田速人は言った。「あなたを本物の荒服部の王だと信じることにします」

「いいかげんになさい」

松田春菜が厳しい声を上げた。「松田速人。これ以上の失礼は許しませんよ」

「ほう……」

松田速人は、おもしろそうに笑った。「何が失礼だと言うのですか。なぜ、あなたは、こんな青年にペコペコと従わねばならないのですか。それを考えたことはないのですか？血脈ですか？　家柄ですか？　そんなものは過去の呪縛に過ぎない。そうは思いませんか。春菜さん」

「ひとつの秩序なのです」

彼女の言葉は力強かった。「私たちは、無意味に家柄にしがみついているわけではありません。尊ぶだけの価値を認めているのです。人々は、それをないがしろにし過ぎるようです。それが、ワタリの社会にまでおよぶというのは、憂うべきことです」

「憂う必要はない。それが時代というものなのです」

「ワタリの民は、厳しい自然条件で生きていかねばなりません。時には、小集団に分かれて、移動を繰り返します。一家族だけで孤立して、ひとつの季節を越えなければならないこともあります。そんなときでも、ワタリがワタリとしていられるのは、心のよりどころがあるからです。誇りと言ってもいいでしょう。その誇りを保証するのが、ほかでもない服部の、そして真津田の血脈なのです」

「あなたは山の生活を美化しすぎている。現実をごらんなさい。服部宗十郎が、晩年に何をしようとしていたか――。日本の政治機構に触手を伸ばし、政府をわがものにしようとしたのですよ」

「だからこそ、服部宗十郎は滅んだのだと、私は信じています。私たちは、血脈を尊ぶ一族です。その血にまつわる力を利用して、現世のさまざまな権力を一手に握ることなどは許されないのです」

「どうやら、あなたのような人と議論しても無駄のようだ。今後、この私がどうなっていくか――もし、幸運にも生き延びることができたら、それをせいぜい指をくわえて眺めていることです」

松田速人は、ひとりの若者にうなずきかけた。ハフムシと呼ばれる若者が、足音を立てずに、寝室のドアのむこうへ消えた。

ハフムシは、水島静香の腕をつかんで現れた。

片瀬と静香は、無言で見つめ合った。

片瀬は彼女の眼に、おびえの色がまったくないのを見て取った。彼は、その瞬間に彼女の決意を悟った。逃避を続けるだけでなく、彼女なりに戦おうとしていることを知ったのだ。

片瀬自身の気持ちも、そのときに決まった。

松田速人が言った。

「ごらんのとおり、水島静香さんは無事です。しかし、今後はどうなるかわかりません。あなた次第なのですよ、片瀬くん」

松田速人は、水島静香のまえに立っていた。

ハフムシが、彼女の両腕を背後からつかんでいた。

松田速人は余裕の笑みを浮かべている。

「私たちが欲しいのは、あなたの身柄とその宝剣です。あなたがおとなしく私たちに従うのなら、水島静香さんの無事は保証しましょう」

「その申し出は受け入れられません」

片瀬はきっぱりと言った。

松田速人はほほえみを消し去った。

「では、水島静香さんはどうなってもいいというわけですか」

「僕は、あなたとここでかけひきをする気はありません」

「ほう……」

「確かに時代は変わります。一部の特権を持つ人間によって人々が支配される社会というのは排除されて当然です。あなたの言うこともわからないではない。しかし、僕はあなたのやったこと、そしてやろうとしたことを許すわけにはいかないのです。あなたの行動は、あなたの発言を否定している」

「私たちと戦うというのですか。ここは、あなたにとっては、敵の陣地内なのですよ」

「それでも、僕は戦わなければならない。あなたは、口先だけの近代化論者だ。あなたは、政治的な取引のために、真津田の誇りを売り渡したのです」

片瀬は、宝剣を、松田春菜のまえに差し出した。彼女がそれを受け取る。その瞬間に、片瀬の両足は床を蹴っていた。

見事なスピードで、片瀬の体は滑るように突進した。

掌底が速人の顎に伸びる。

常人には見ることのできない、疾い攻撃だった。

だが、松田速人はその一撃を、身を翻してかわしていた。


青山通りは、信じられないくらいにすいていた。歩道に人影もほとんど見られない。

ゴーストタウンの不気味さがあった。

松永は、青山通りにシルビアを駐め、急いで、マンションまで引き返した。

彼は、裏手からマンションのわきにある暗く小さな公園に入った。

シイの大木が三本立っているだけだが、互いに、枝をからめ合うようにして、街灯の光をさえぎっている。

松永は、マンションの壁ぎわに、ひとりの男が立っているのを見つけた。

彼は、息を殺して、その背後から近づこうとした。

一歩前進する。そのとたんに、目のまえに黒い影が現れた。

咄嗟に松永は身構えた。

彼は、動転して背後の注意を忘れ去った。

心のなかで罵ったときには、もう遅かった。彼は、新たに出現したもうひとりの敵に、あっという間に羽交い締めにされていた。がっちりと肩の関節を決められている。無理に動くと、肩か肘の関節を外されるおそれがあった。

目のまえの敵が、ゆっくりと近づいてきた。

葉かげから、水銀灯の光が洩れて、一瞬、その男の顔を照らした。

松永の頭のなかが、かっと熱くなった。

その男の顔に見覚えがあった。佐田の写真に写っていた男だった。

佐田を、残忍な手口で殺した憎いかたきだ。

目のまえの男が拳を作るのが見えた。

人指一本拳――鳳眼拳だ。

人差し指の第二関節を高く突き出した危険な拳。空手競技では、あえて禁じ手とされている技法だ。

その拳を自分に向けているということが、さらに松永の怒りを激しいものにした。

松永はぎりぎりの間合いまで耐えた。

あと一歩近づけば、敵の拳は自分にとどく。

その一歩を敵が踏み出した。

その瞬間に、松永は怒りのエネルギーを、右足一本に集中させた。

すばらしい速さの前蹴りだった。

蹴りは、敵の水月をえぐっていた。

油断していた相手は、二メートル後方へ吹っ飛んで倒れた。

松永を羽交い締めにしていた男も、その一撃の強烈さに度胆を抜かれたようだった。ほんのわずかだが、締めがゆるんだ。

松永はその一瞬を逃さなかった。

彼は、男の右足の甲めがけて、力の限り、踵を踏み降ろした。足の甲は急所だ。男がくぐもったうめき声を洩らす。

松永はさらに締めがゆるんだところで、身を沈め、鋭く腰をひねった。

おもしろいように、敵の体が宙に跳ね上がった。

松永は、そのまま相手を放り出さず、逆に両脇で腕を決めたまま、自分も倒れ込んだ。相手の体が地面に叩きつけられる瞬間に、上から全体重をあびせた。肘が相手のあばらの上に突き立っていた。

松永は、すぐさま起き上がって、地面で苦しげにもがいている敵の脇に、重い正拳突きを見舞った。敵は意識を失った。

前蹴りで倒した相手が、腹をおさえながら立ち上がるのが見えた。

たった一発の蹴りでは、せいぜい一分間ほどのダメージを与えるのがせいいっぱいだった。

松永は狙(ねら)いどころをしぼった。一撃で相手を眠らせるポイントでなければ、いくら体力があっても足りはしない。

松永は、起き上がった男にするすると近づいた。

敵は、金的を狙って蹴り上げてきた。

松永は、膝(ひざ)を上げて蹴りをブロックした。

中段より下の蹴りを手で払ったりするのは、実戦では、顔を殴ってくださいと言わんばかりの愚行だ。相手には二本の腕があるのだ。

敵はさらにしつこく、金的蹴りを放った。

松永は相手の蹴りに合わせて、同時に足を出した。

相手が蹴りを引こうとする瞬間に、足でひっかけてやる。宙で足と足がからまる状態だ。

松永が足を引くと、相手のバランスは簡単にくずれた。

松永は、顔面を左手でカバーしながら、一歩踏み込み、膝と腰を思いきりひねった。

その回転する力をすべて上半身へ伝え、右の拳で爆発させた。

強烈なアッパーだった。

拳は、敵の顎を正確に打ち抜いていた。

敵の体が数センチ宙に浮いた。そのまま、男は、まったく無防備な状態で後頭部から地面に倒れた。

アッパーが顎に決まると、延髄にショックが直接伝わり、ほぼ百パーセント脳しんとうを起こす。

松永は、倒れているふたりを見下ろした。背後から攻めてきた男の顔には、何枚もの絆創膏が貼られていた。

「今度は、絆創膏だけじゃ済まなかったようだな」

松永はつぶやいた。

その傷が、佐田との戦いでできたものであることを、松永が知るはずはない。

しかし、松永にはそれがわかっていた。佐田なら、これくらいの反撃はして当然だと思ったのだ。

倒れているふたりは、大学時代からの悪友のかたきだ。だから、殺してしまってもかまわないのだ――そんな囁きが胸のなかで聞こえた気がした。

本当に殺してしまおうかと、松永は一瞬考えた。

そして気がついた。

人を殺すということが、そして、傷つけることさえも、なんと嫌なことなのか、と。

モラルの問題ではなかった。ほとんど生理的な感情だった。松永は、ふと、片瀬の言う邪悪な拳法という言葉を思い出していた。

松永の思考は中断した。

彼は、危険を察知した。

遠まきにではあるが、自分が囲まれているのに気づいたのだ。

松永は身構えて、周囲を油断なく見回した。敵は四人いた。

絶えず移動しながら、徐々に包囲を縮めてくる。

松永は、大木を背にして立った。

せり上がってくる恐怖感をなんとかなだめすかして、彼は、ゆっくりと呼吸を整えた。

松田速人は風のように移動していた。

片瀬の攻撃は不発に終わったかに見えた。しかし、次の瞬間、片瀬の両手は、水島静香のうしろにいたハフムシの両肩のつけ根に伸びていた。

水島静香を抱くような形になっていた。

片瀬はハフムシの両腕のつけ根に、親指を突き立てていた。

ハフムシは、静香の両腕をつかんでいたため、咄嗟に動きようがなかった。さらに、静香の陰になって片瀬の攻撃が見えなかったのだ。

ハフムシの両手にしびれが走った。彼は、驚愕（きょうがく）の叫びを上げた。

片瀬は、そのまま両手で静香を抱き寄せた。

静香は簡単にハフムシの手をはなれ、片瀬の腕につつまれた。

片瀬は、静香を抱いて壁ぎわまで移動した。

すべてが流れるような動作で、一瞬のうちに行なわれた。

片瀬の狙いは、松田速人ではなく、最初から、ハフムシだったのだ。

松田速人を攻撃すれば、当然彼は、それをかわさなくてはならない。そこまで計算した片瀬の攻撃だった。

片瀬は、静香を背後にかばって、松田速人を鋭く睨んだ。

若者のひとりが、片瀬に襲いかかろうと、飛び出した。

しかし、その男は、あおむけに倒れていた。松田春菜が、横から飛び出し、裏手刀を水平に見舞ったのだ。親指のつけ根の関節が、男の喉もとにカウンターで決まっていた。

男が倒れたのを合図に、残った三人が、いっせいに動いた。

ふたりは同時に片瀬に襲いかかる。

ひとりは、松田春菜につかみかかった。

松田速人は、ひとり冷静にその状況を見つめていた。

片瀬は、最初の拳をさばき、次の突きを受けると同時に巻き込んだ。

相手は床の上に投げ出される。

それが、ふたりめの障害物となった。ふたりめの敵は、勢いあまって仲間の体につまずき、重なり合うようにして倒れた。

その隙に、片瀬は静香をかばいながら出入口のドアに向かって移動した。

松田春菜の技の切れは見事だった。

彼女は、ほとんど力を必要としない高度な技を身につけていた。

敵の若者は、春菜の右手首と、左手に持った宝剣をしっかりと握っていた。

宝剣を春菜から力ずくでもぎ取ろうとしているのだ。

彼女は、両腕を体に引きつけようと力をこめていた。

その力を急に抜いて両手を伸ばすと同時に、すっと身を沈める。

相手は急に手ごたえがなくなり、一瞬バランスをくずす。

春菜は、低い姿勢のまま相手のふところに入り、同時に鋭く右腕を曲げていた。

春菜の肘が水月に決まり、さらに、春菜の体重の移動によって相手ははじき飛ばされていた。

片瀬は、春菜に言った。

「彼女を、水島くんをたのむ」

春菜はうなずいた。

片瀬は静香を見やった。

彼女と一瞬眼が合った。

その一瞬で充分だった。静香の眼は片瀬を信じていることをはっきりと物語っていた。

「こちらへ」

春菜は静香の腕を取ってドアの外へ逃れた。

「さあ、これはあなたが持っているべきです」

春菜は廊下へ出ると、静香に宝剣を差し出した。静香はしっかりと受け取った。

片瀬は、ドアを背にして立っていた。

どこにも緊張は見られなかった。

松田速人は、怒りに顔面を染めている。

彼を中心にして、若者たちが、扇状に片瀬を囲んだ。

「殺せ……」

松田速人のしわがれた声が響いた。「こいつさえ殺せばいいんだ。荒真津田や宝剣など、こいつがいなければどうということはない」

片瀬は終始無表情だった。しかし、その眼の奥には、おそろしいばかりの怒りが燃えていた。

それが、眼に見えぬ力となって、若者たちの突進を拒み始めていた。

若者たちは、片瀬の底知れぬ力に気づいたのだ。

松田速人はうなるように言った。

「やつの眼をえぐれ。あばらをくだけ。腕を折れ。おまえたちの技をもってすればできぬことはない」

若者たちは、その言葉に、にわかにふるい立ったように見えた。

じわりじわりと、間をつめ始めた。

片瀬は言った。

「僕はこれ以上、ワタリの民の誇りを汚す言動を許すわけにはいきません」

彼は、半身に構え、開いた両手を松田速人に向けてかかげた。

19

松永はシイの大木を背に息を殺していた。

敵も気配を断って徐々に近づいてくる。

何といっても相手は、シノビの祖の血を引いている。こういったかけひきでは、松永の一枚も二枚も上手だった。

彼らは、決してまっすぐに近づいて来ようとはしない。

常に横に移動しながら、包囲を狭めてくるのだ。

松永には、敵が八人にも十人にも感じられた。

このままじっとしていると、四人同時に相手をしなければならなくなる。そうなれば、とうてい勝ち目はない。

松永は、腰で幹をぐいと押しやり、反動をつけて飛び出した。一直線に駆け出す。目のまえに敵が飛び出してきた。

松永は、このタイミングを待っていた。

彼は右足で地を蹴った。

踏み切った足を足刀にして、相手の胸を蹴り放した。高いジャンプではなかった。助走の力を生かした矢のような鋭い跳び蹴りだった。

跳び蹴りは、二対一で対峙(たいじ)しているような状態では自ら墓穴を掘る大技だが、走っている途中に急に敵が現れたような場合にのみ、きわめて有効な奇襲の技となる。

敵はもんどり打って地面に転がった。

胸を狙ったのは、頭を狙うよりかわされる率が少ないからだった。

松永は着地すると同時に、倒れた敵をつかみ起こし、水月に正拳を見舞った。

横から、ひとり飛び出して来た。

松永はつかんでいた敵を、投げをうつ要領で、飛び出してきた敵のまえに放り出した。

第二の敵はたたらを踏んだ。

その隙をついて、松永は大きく伸び上がり、肘を相手の鎖骨に振り降ろした。

破壊力を増すために、体全体を伸ばしきったのだったが、その動作が大き過ぎた。

相手は、上体をひねって、松永の肘をかわした。

松永は、夢中で顔面をカバーしていた。

右手の甲に、相手の二本の指が突き立った。敵は、松永の眼を狙ったのだ。

一瞬、腰が浮くような嫌悪感を覚える。

続いて、貫き手が松永の喉もとを襲う。

松永は、辛うじてそれをかわした。

貫き手は、首の左脇をかすめていった。松永は、その袖をつかんで、敵の体勢を崩し、脇腹に、シャープな回し蹴りを見舞った。

靴の爪先が、敵の腹に深くめり込んだ。

相手の動きが止まる。

松永は、敵の髪を左手で、肩のあたりの衣服を右手でつかむと、強く引き寄せた。

前のめりになった敵の顔面に、地を蹴って反動をつけた膝蹴りを叩き込む。

敵の膝から力が抜けるのがわかった。松永は、髪をつかんだ左手で相手を引き倒した。

ふたりの敵が、直角に折り重なって横たわった。

再び走り出そうと振り返ったとたん、膝に激痛が走った。

松永は思わずうめき声を洩らした。じっとしていられないほどの鋭角的な痛みだった。

新たな敵が立っていた。

松永はその男の下段蹴りを左膝にくらったのだった。

ふたりめの相手に手間取りすぎたのだ。

複数を相手にする場合は、ひとりに長く関(かか)わり合っていてはいけない。絶えず、一撃を見舞いつつ、周囲を牽制(けんせい)し続けなければならないのだ。

街中のいさかいなどで、その呼吸は心得ていた松永だったが、相手の技のおそろしさが、彼のリズムを狂わせていたのだ。

左足に体重を乗せただけで、鋭い痛みが走る。走ることはできなくなった。

立っていられるので、骨はまず大丈夫だと松永は思った。

次の攻撃をすぐさましかけてこないのが不気味だった。

松永は、やや右足に体重をあずけ、後屈立ちと、猫足立ちの中間にあたる立ちかたで構えていた。

敵の出かたを見る際に役に立つ、実践的な立ちかたのひとつだ。

蹴りも使えなかった。

実戦で蹴りを使えないというのは、空手家にとって、戦力が半分以下になったことを意味する。

松永は冷たい汗をかいていた。

突然、頭上で木の葉が鳴った。

（しまった！）

松永は、心のなかで罵ってその場から跳びのこうとした。

膝の痛みのため、その動作が一瞬遅れた。

頭上の木の枝から、影が襲いかかってきた。

松永は、身を地面に投げ出した。

敵の肘が背に食い込んだ。咄嗟に倒れ込んでいなかったら、脳天の急所に一撃をくらって、昏倒（こんとう）していただろう。

彼らのまえで、戦力を失うことは、確実に死を意味する。

木の上から降りた男は、倒れた松永の脇腹を足刀で蹴りおろした。

松永はあえいだ。腹のなかをかき回されるような苦しさだった。

ふたりの男は、地面で虫のようにもがく松永を冷やかに見下ろしていた。

松永は、なぜ彼らが続けざまに攻撃してこないのかを悟った。

ひとつひとつの激しい苦痛をじっくりと味わう時間を与えているのだ。

格闘技というより、相手を責めさいなむための体術といえた。

松永の心の底に、再び青白い怒りの炎が点った。血が熱くなり始めるのを感じた。

痛みが、わずかだが遠のいていった。

松永は、慎重に立ち上がった。

そのとき、敵がまたしても四人になっていることに気づいた。

さきほど倒したふたりが、ダメージから回復して起き上がってきたのだ。

松永は、絶望の虜になろうとしていた。

しかし、怒りが絶望の暗雲をはらいのけた。

四人に囲まれて立つ松永は、大きく息を吸い、それをゆっくり吐き出していった。

呼気の音は、次第に獣じみた咆哮に変わっていった。

松田春菜と静香は、マンションの玄関を出て、青山通りに駐めてある松永の車に向かおうとした。

そのとき、ふたりは、野太い雄叫びを聞いた。

松田春菜は、格闘の気配を察知した。

部屋のなかにいたのは六人。

松永が、たったひとりで残りの六人の相手をしている——彼女は、そのことに気づいた。

とすれば、一刻をあらそう事態に違いないと彼女は考えた。

静香を、青山通りまで連れて行って、もどって来てからでは手遅れになるかもしれない——彼女は迷った。

静香はそれを察知した。

「あの声は、松永さんですね」

「そうです。彼をご存知なのですか」

静香はうなずいた。

「彼が危ない。あなたは、彼を助けに行かなければならない。そうですね」

「はい」

「行ってください。私は、このあたりに隠れています」

一瞬後に、春菜はうなずいて、公園に向かって駆け出していた。

彼女は、着替えている時間がなかったため、職場で着ていた、スーツ姿のままだった。

タイトスカートがもどかしかった。

ヒールの高い靴は脱ぎ捨てていた。

松永は、四人にいいようにいたぶられていた。

四人が順番に、打撃を加える。

松永は、必死に、さまざまな急所をカバーしていた。とても反撃できる様子ではなかった。

松田春菜は、四人のうちのひとりの背後に駆け寄った。その男は、気配を察して振り返った。

彼女は、後ろを向いた首を両手ではさみ、さらに同じ方向にねじった。

男は驚き、悲鳴を上げた。あわてて、体を反転させる。

春菜は、その足を払った。

男は、軽々と地面に転がった。そこを突破口にして、彼女は、松永に駆け寄り、背を合わせた。

「こいつは驚いた。天使ってのは本当にいたんだな」

「あとふたりいたはずです」

「眠ってもらってるよ」

彼女はうなずくと、タイトスカートを九十度回し、うしろに入っていた小さなスリットを右横に持ってきた。

彼女はそのスリットの部分から、スカートを一気に裂いた。

よくひき締まった形のいい足が露わになった。

「ひとりで戦ったご褒美かい。こいつは、元気百倍だ」

松永は言った。

「動きやすくしただけです」

春菜は小さな声で言い返した。

四人は、わずかに包囲を広げた。

六人に三方を囲まれていたが、片瀬は、松田速人だけを見すえていた。

もちろん全員に気を配っており、誰かが動けばすぐにでも反撃に出る用意があった。

一人で多人数を相手にする場合でも、複数の人間がいっぺんに攻撃してくることはない。

もしそうなったら、だんご状態となり、かえって有効な攻撃を受ける心配はなくなる。

次から次と絶え間なくさまざまな方向から攻撃を受けること、そして、つかまって自由を奪われ、防御できぬ状態で攻撃を受けること――この二点に気をつければいいのだ。

鉄則は、必ずひとりを相手にするということだ。何人と戦っていようと、ひとりずつ確実に倒していくことが大切なのだ。

そのために、ほかの相手への牽制が大切となる。

左端の若者が、突然、片瀬につかみかかった。

片瀬の両腕を固めて封じようというのだ。

その男が片瀬の両手首をつかんだ瞬間、右手側にいた男が、奇声を上げて、高々と跳躍した。

人間ばなれしたジャンプ力だった。

片瀬は両手首を内側から返した。それだけで、握られた手首をはずすことができた。

同時に片瀬は、相手の右手首を逆関節に決め、体を入れ替えた。

跳躍した男は、味方の上に落ちることになった。

一瞬、ふたりの体が重なり合った。片瀬は、ふたりの首筋に同時に、左右の手の親指を突き立てた。

ふたりは、びくんと大きく体を震わせると、そのまま、天を仰ぎ口をあけて動かなくなった。

片瀬は、そのふたりを支えて楯としていた。

左右から、同時にふたりが飛び出してきた。

左手からくる敵に、立ったまま気絶したふたりの男を投げ出して突進を封じておいて、右手からきた敵の金的蹴りを右手で受けた。

蹴りを受け止められた男は、不思議そうな顔をして、しりもちをついた。足が完全にしびれてしまって、まったく力が入らなかったのだ。

片瀬は、受けると同時に、麻穴を点穴していた。信じがたい高等技術だった。

倒れたふたりを乗りこえて、なおも進み出てきた敵の眼を狙った二本指の貫き手を、軽くさばく。

と同時にその手首を逆に返し、肘を持ち上げた。片瀬の足は床に円を描いた。

それだけで、相手の体は、ふわりと宙に舞った。渋谷の空手道場で、松永に披露したのと同じ技だった。

片瀬は、しりもちをついている男めがけて、敵を投げ出した。

人間の体重は、充分に武器として利用できる。

ふたりは床の上で激突して、悲鳴を上げた。

彼らはもがいた。そして、ようやく立ち上がった。

ひとりは、まだ足をひきずっている。しびれが残っているのだ。

相当のダメージがあるはずだった。

それでもふたりは、片瀬に向かっていった。

片瀬は、ふたりが近づいてくるのを、棒立ちのまま静かな眼差しで見つめていた。

すでに、蹴りの間合いを越えていた。

それでも片瀬は動かなかった。

突きの間合いに達した。

足をやられた若者が、正確な貫き手を片瀬の顔面に放った。

もうひとりは、やや遅れて片瀬の膝を狙って蹴りを発した。

とてもかわせる状態ではないように見えた。

だが、貫き手も、膝への蹴りも、片瀬の影のなかを素通りしていた。

わずかな動きで、攻撃をかわし切ったのだ。次の瞬間、片瀬の両手が空気を切った。目にも留まらぬ疾(はや)さだった。

片瀬は人差し指一本を立てていた。

ふたりは、かっと眼を見開き、何が起こったのかわからないといった表情のまま、床に崩れ落ちた。

片瀬は、暈(うん)穴を人差し指で突いたのだ。

片瀬の人差し指は、陶器に軽々と穴をうがつことができる。

松田速人とハフムシと呼ばれる若者だけが残った。

ハフムシは、鋭い出足で片瀬に迫ると、目つぶし、喉への貫き手、金的蹴り、膝への蹴りと、危険きわまりない攻撃を、矢つぎ早に繰り出した。

確かに片瀬はハフムシの間合いのなかにいた。

にもかかわらずハフムシは、片瀬に触れることさえできなかった。

すべての突き蹴りが片瀬の体のなかを通り抜けてしまうように感じられる。ハフムシは、片瀬が実体を持っていないような錯覚にとらわれ始めていた。

「うおっ」

ハフムシはうなると、体ごと片瀬にぶつかっていった。

片瀬は、難なくそのタックルをかわしたが、ハフムシは、大きく横に広げた手で、片瀬の衣服をとらえていた。

ハフムシは、衣服をつかんだその一点を支点として、くるりと反転すると、片瀬をうしろから抱きすくめた。

彼は、片瀬の背骨に頭を押しつけ、胴のまえで、両手の指を鉤(かぎ)状にしてしっかりかみ合わせ締め上げた。片瀬は腕の自由も奪われていた。

「速人さま。今です。早く、こいつに一撃を」

松田速人は、うなずき、人指一本拳を作った。

油断なくすり足で間合いをつめて、鼻と唇の間の人中(じんちゅう)という急所に狙いを定めた。

人中に、人指一本拳を決められると、発狂するほどの激痛を感じる。

「待っていろ。ただでは殺さぬ」

松田速人は、片瀬の蹴りを警戒していた。

彼は左手で蹴りを払う準備をし、右手の人指一本拳を構えながら、じりじりと近づいた。

ハフムシは、渾身(こんしん)の力を込めて片瀬をおさえつけている。

自由になるのは両足だけだった。

しかし、この状態から片瀬が腰の入った蹴りを放つことはできない。中途半端な蹴り技は、簡単に松田速人にさばかれてしまうだろう。

松田速人が床を蹴った。すばらしいスピードで拳が飛んでくる。

同時に、片瀬は両足を高々と振り上げていた。

両足は顔面を防御する形になった。

松田速人は、片瀬の意表を突く動きに、思わずうしろへさがった。

片瀬は、両足の反動を利用して、腰をはね上げ、上体を思いきりまえに折った。

ハフムシは、まったく予期していなかった動きに対処する術がなかった。

ハフムシの体が宙に浮いた。片瀬とともに、空中回転をするような形になった。中途半端な空中回転だ。

ハフムシは、片瀬を抱いたまま、背中から落ちた。片瀬の下敷きとなっていた。

ハフムシは、ぐうという苦しげな声を上げた。手が離れた。

片瀬は、瞬時に起き上がると、ぐったりしているハフムシの首筋に手をあてがった。

びくりと身を震わせ、そのままハフムシは気を失った。

片膝をついた姿勢のまま、片瀬は、鋭く松田速人のほうに眼をやった。

松田速人は、驚きを露わにしていた。

「慢心の結果はいつもこういうものです」

息ひとつ切らせず、片瀬が言った。「そうは思いませんか」

下条泰彦は、いつもの急な呼び出しで、首相官邸に駆けつけた。

執務室では、首相が、机をはなれ、ソファで下条を待っていた。

下条は、ソファの脇に直立した。

「自衛隊の出動を承認しようと思う」

「銃火器を携帯しないのなら、何も申し上げることはありません」

首相は、赤く濁った眼を正面にすえていた。下条を見ようとはしなかった。

「火器の携帯も、承認する」

「私に与えられた時間は、まだ残っているはずです」

「消防庁が悲鳴を上げているのだ。レスキュー隊がフル稼動しても、とても間に合わんほどの事故や災害が起きている」

「事態は、急速に好転しています」

「下条。君は、何を知っているのだ？」

「知っていることは、すべて総理に報告しております」

「ゲリラの正体を、私に話してくれていない」

「事件が解決したら、必ずご報告いたします」

「いいだろう。君は、あくまで私のために働いてくれている。そうだな」

「そのとおりです。総理」

「なのに、今回だけは異を唱えようとする」

「いいえ、総理……」

「言い訳はよい。君は、何かを知っている。それを私に告げずに、私を諫めようとしている」

下条はこたえなかった。

首相は、深い溜息をついた。

「下条、君は、今回の事件のからくりをすべて知っているのだろう。そのうえで、君は、判断を下した。私には何も言わず。しかも、私を危険な状態から引き出そうと」

長い沈黙。

やがて下条は言った。

「そのとおりです」

首相は、うなずいた。

あいかわらず正面を見すえたまま、彼は言った。

「だが、タイムリミットが来たら、私は実行するよ。ここまで来てしまっては引き返せない」

「そうでしょうか？」

「そうなんだよ、下条。約束の時間は、午後十一時だったね」

「はい」

「あと一時間半か……」

「はい」

「下条……。その一時間半、私といっしょにいてくれないか……」

下条は、首相が激しく動揺しているのを悟った。

首相が首をめぐらせて、下条の顔を見た。

「どうだ? 君あての連絡は、ここへ入れさせればいい」

下条泰彦は、うなずいた。

「承知しました。ここで待機させていただきます」

20

松田春菜は、敵の攻撃パターンを熟知していた。さらに、技の封じかたも心得ているのだ。

真津田の正統——荒真津田の血を引く彼女の戦いっぷりは、女性対男性のハンディキャップをまったく感じさせなかった。

松田速人一派の残忍な突きや蹴りは、ことごとく松田春菜に封じられていた。

春菜はさばきに徹していた。

それだけ技量に自信があるのだ。

戦いは、すでに長期戦にもつれ込んでいる。

こうなると、攻撃し続けるほうが極度に消耗していく。

どんなに鍛え抜かれ、スタミナに自信がある拳法家でも、突きや蹴りを続けざまに出していると、十五分ほどで息が上がってしまうものだ。

筋肉にも疲労がどんどんたまっていき、技の切れが悪くなっていく。

松田速人一派は、短時間で相手を仕留めようとするあまり、攻撃をあせり過ぎた。

相手が松永ひとりだったら、彼らは目的を達しただろう。

松田春菜の出現は彼らの誤算だった。

彼らの攻撃のスピードは、目に見えておとろえていた。

松永は、松田春菜が助けに入ってくれたことで、すっかりとよみがえっていた。

膝を痛めたために、防御に回っていたことが、今となっては幸いしていた。

スタミナが充分に残っているのだ。

一対四から、二対四に——つまり、ひとりでふたりを相手にすればよくなったことが、松永に余裕を取りもどさせた。

彼は、敵の技を見切る自信を回復していた。

敵の攻撃パターンもわかり始めていた。

闇（やみ）のなかに、春菜の白い脚だけが浮き上がるように見えた。

スカートの裂け目からこぼれる、美しい脚は、地面の上に弧を描き、敵の足を払い、翻って、相手の大腿部（だいたいぶ）側面の急所を痛打した。

この腿（もも）の急所に打撃を受け続けると、まるですっぽり泥のなかにはまってしまったように、足が重くなり、しまいには自由に動くことさえできなくなってしまう。

さらに、彼女は、相手の突きをかいくぐり、低くふところに入って水月を打ち、足をかけて転倒させた。

水月を打たれると、急速にスタミナが消耗していく。そして、地面に投げ出されることで、徐々に戦意を失っていくのだ。

松永は、昂揚感（こうようかん）すら覚え始めていた。

敵の繰り出してくる連続技を、見切って、ぎりぎりでかわす。技の尽きた瞬間を見はからって、相手の袖と襟首をつかんで、振り回す。相手がバランスを崩したところに、足を出してやると、おもしろいように敵は地面に転がった。

先ほどまでは、敵の技の残忍さに冷静さを失い、急所攻撃でくるなら、こちらも同様の技で返そうと考えていた。

しかし、今は、その必要などまったくないことを悟っていた。

落ち着いて対処すれば、渋谷の道場で試みたさばきが、充分通用するのだった。

もはや松永は、突きも蹴りも発する必要はなかった。

敵が消耗しきるのを待てばいいのだ。

敵の攻撃をさばくだけの松永は、ほとんど体力を使わない。いつまでも戦い続ける自信があった。

形勢は、まったく逆転していた。

松永と春菜が、疲れ果てている四人の若者をいいようにあしらっているのだ。

最初は、敵の技の異常さに度胆を抜かれ、あわてていた松永だったが、戦ってみると、自分の空手技で充分に対抗できることを知った。

脳を直接破壊するというおそろしい技も、こちらが自由に動ける間は、使いようがないのだと松永は思った。

それなら、空手のブロック割りと同じことなのだ。空手の破壊力をもってすれば、頭蓋骨を陥没させることなど簡単なのだ。

外傷を残さずに殺すという点だけが特殊なわけで、それは、シノビという特異な役割ゆえに発達した技なのだろうと松永は考えていた。

敵の手数が減ってきたので、松永には、そんなことを考える余裕さえ生まれていた。

突然、まばゆい光が、公園の闇を切り裂いた。

光は三方から差してくる。

松永と春菜、そして松田速人の一派は残らず、光に照らし出された。

松永と春菜は思わず顔を見合わせた。

光をバックに、たくましい男たちの影が並んでいた。


部屋のなかで、片瀬と松田速人は対峙していた。

床の上には、片瀬によって昏倒(こんとう)させられた若者たちがここかしこに横たわっていた。

松田速人は一センチ単位で間合いを測っていた。

片瀬は、両手を下げたまま、やや半身で立っていた。

松田速人はじりじりと横に移動を始めた。

片瀬は、常に速人に対して左肩を向けるよう、体を回していく。

突然、何の予備動作もなしに、松田速人が、跳躍した。

足刀で片瀬の頭を狙う。

片瀬は、わずかに上体をそらしただけで、跳び蹴りをかわした。

松田速人が着地した瞬間に、足を払おうと片瀬は振り向いた。

だが、松田速人もそれを読んで、着地したとたんに、自ら床に身を投げ出し、一回転してから立ち上がった。

それが絶妙の間合いとなった。

松田速人は、眼への二本貫き手、膝への蹴りおろしを同時に放った。

片瀬は難なくその攻撃をかわしたが、次の一手に対しては油断が生じた。

眼と膝への攻撃は、フェイントだった。

松田速人は、そのあとに、ゆっくりと左手を出し、そっと片瀬の腹に触れた。

次の瞬間、片瀬の体が約二メートルもはじき飛ばされ、壁に激突した。

すさまじい発勁の技だった。

松田速人は、勝ち誇ったように笑いを浮かべた。

片瀬の体は壁にそってずるずると崩れ落ちた。

松田速人は、この発勁の達人だった。発勁には間合いは必要ない。どんなに接近した状態からでも、たちどころに相手にダメージを与えることができる。

未熟な者は、この技術のために、予備動作を必要とする。

だが松田速人は、瞬時にして、体中の力を一点で爆発させることができる。

しかも、手だけでなく、指一本でもそれが可能なのだ。

松田速人の顔から笑いが消えた。

片瀬が、ゆっくりと頭を振り、立ち上がる気配を見せたのだ。彼は目を疑った。

(相手の内臓はずたずたに破壊されているはず)

それほどの技を彼は見舞ったのだ。

片瀬は、立ち上がった。

彼は、松田速人の発勁の技を瞬時に悟り、手をあてがわれた部分に、渾身の「気」を集中させたのだった。

でなければ、片瀬の命はすでになかっただろう。

片瀬は、松田速人がたいへんな術者であることを知った。

松田速人は、まだ信じられないものを見る眼つきをしている。

片瀬は初めて、静かに腰を落とし、低く構えた。

松田の顔から驚きの表情が消えた。

ふたりの間に緊張がみなぎった。

すでに、相手の力量を読もうとする余裕は消えていた。

一撃――たった一発で勝負は決まる。

ふたりは同様にそう考えていた。

松田は、片瀬が勝負のかけひきや、目くらましの通用する相手でないことをすでに見抜いていた。

片瀬のほうも同様だった。

技の破壊力の勝負となった。

松田は、自分に利があると信じた。片瀬の技は、体さばきと点穴を中心としたものだった。すさまじい、発勁の破壊力のほうが優位なはずだ——彼はそう考えていたのだった。

ふたりは、構えたまま、向かい合っていた。

微動だにしないように見える。

だが、実際には、ミリ単位の攻防が絶え間なく続けられていた。

片瀬が数ミリつめると、松田速人は、ほぼ同様に退がる。そして、その逆に、松田が出ると片瀬が退がる。

そのたびに、ふたりの頭のなかでは、激しい突きや蹴りの応酬が演じられているのだった。

気の戦いといってもよかった。

ふたりは、じっと向かい合っているだけで、汗をしたたらせ始めた。

松田の神経は、極度に研ぎ澄まされていた。

彼は、片瀬の呼吸はおろか、心臓の鼓動までをも聴いていた。

片瀬は、松田速人の「気」の流れを読んでいた。荒服部に与えられた能力のひとつだった。

ふたりは時間を忘れ去った。

すさまじい精神力のぶつかり合いだった。

通常の武術の試合では、根負けしたほうがさそわれたように、手を出してしまう。
それは相手の思う壺であり、簡単に返し技を取られてしまうものだ。
一撃の勝負。
それが明白なだけに、うかつに手を出せなかった。
汗が、ふたりの足もとにいくつものしみを作っていた。
ふと、部屋のなかで何かが動いた。
意識を回復しかけている者がいるのだ。
ハフムシだった。
片瀬は、一瞬、そちらに気を向けてしまった。
片瀬の力場が、ふと弱まる。
松田速人は、それを察知した。
と同時に、ほとんど無意識に一歩を踏み出していた。
右てのひらを片瀬に向けて突き出す。
受けも、さばきも、激しい発勁にはじき飛ばされてしまうだろう。
片瀬も拳を出した。
初めて見せた片瀬の正拳突きだった。
松田速人の掌底と、片瀬の正拳が激突する。

だが、片瀬の正拳は、ただの正拳ではなかった。

片瀬は、軽々とはじき飛ばされた。

そして、同様にたくましい松田速人の体も宙に舞っていたのだった。

片瀬は、ふわりと床に降り立った。

松田速人は、腰から床に落ち、さらに勢いあまって、後方に転がった。

車にはね飛ばされたような勢いだった。

それほどのエネルギーが、空中でぶつかり合ったのだ。

松田速人は、膝をついて起き上がった。

驚愕の表情だった。

片瀬の正拳もまた、松田速人におとらない強力な発勁の技だった。

松田速人は、それを悟ったのだ。

彼の表情は、にわかに苦痛にゆがんでいった。

彼の右手首は、砕けてしまっていた。

彼は、膝をついたまま、左手をかかげて、片瀬を睨んだ。

片瀬は、木立のようにひっそりと自然に立っていた。

ふたたび、ふたりの間に、緊張の糸が張り巡らされた。

ようやく意識を回復したハフムシが、ぼんやりとふたりを眺めていたが、やがて、そのすさまじい精神力の戦いに気づき、身動きが取れなくなっていた。
口をきくことすらできなかった。ふたりが繰り広げている無言の戦いは、それほどに激しいものだった。

ふと、ハフムシは、ベランダに眼をやった。

その眼が大きく見開かれた。

知らず知らず、彼は声を上げていた。

ガラスのむこうに、見慣れぬ制服を着た男たちが見えた。

彼らは、屋上からロープをつたい、次々にベランダに降り立った。

「警察だ。すみやかに投降しなさい」

ハンドマイクによる警告が響きわたった。

「しまった！」

松永はうなった。

松田春菜が不安げな眼を松永に向けた。

「逃げるんだ。つかまると面倒なことになる」

松永は言った。

彼は、内閣調査室の援助をすでにまったく期待していなかった。

ここで逮捕されたら、身の証を立ててくれる人間はひとりもおらず、ゲリラの一味とされてしまう——彼はそう考えていた。

ゲリラといっしょに、こんなところで何をしていたか、と問われても、申し開きの言葉がないのだ。

警官隊が突進してきた。

松永は、膝の痛みに耐えて走った。しかし、すぐに、警官隊のタックルを受けてしまった。

数人で、上からおさえつけられた。

すぐ脇で、松田春菜が逮捕されていた。

松田速人の一派も次々とおさえつけられていく。

松永は、力の限り暴れた。

警官たちは、罵声(ばせい)を上げて松永を殴りつけた。松永は、顔を地面に押しつけられ、土を噛(か)んだ。

松田春菜は、スカートをたくし上げられ、白い腿が露わになっていた。

松永は、警官たちが故意にそうしているのではないかと疑った。

ゲリラたちは、抵抗をやめていた。

松永はその理由を知って驚いた。彼らは小銃を突きつけられているのだった。

そのとき、松永は、警官たちの制服が見慣れないものであることに気づいた。
機動隊の制服に似ているが、ずっと身軽に作ってある。
ヘルメットでなく、つばつきの、上が平たい帽子をかぶっている。
松永は、彼らの腕に、「6特」の文字が縫い付けられているのを見た。
松永の顔に、冷たい金属が押しあてられた。
小銃の銃口だった。
彼は絶望感にとらわれた。ぐったりと体の力を抜いた。
取調室でのむなしい問答の光景が頭をかすめた。
そのとき、聞き覚えのある声がした。
「この人たちはいいのです」
松永は、はっと顔を上げた。
陣内が、隊長らしい男と立っていた。
「このふたりはわれわれの協力者なのです」
松永をおさえつけていた警官たちは、すみやかに立ち上がった。
ガラス窓を蹴散らして、侵入してきた男たちは、自動小銃を構えていた。
「警察だ」

まぶかに帽子をかぶった一番まえの男が言った。

松田速人は、茫然と警官隊を見つめていた。

小銃がある限り、誰も身動きが取れなかった。

警官たちは、手際よく、松田速人、ハフムシ、片瀬直人を壁ぎわに引っ張っていき、両手を壁につかせた。

残りの警官は、床に倒れている一味の様子をてきぱきと調べていく。

くるりと正面を向かされた片瀬の手に手錠がかけられた。

次に松田速人に手錠をかけようと、警官が近づいた。

「危ない」

片瀬が叫んだ。

警官は、黙れと言わんばかりに、片瀬の頬を平手打ちした。

次の瞬間、どん、という音がして、警官が吹っ飛んだ。

全員が、はっと振り返った。

そのときには、松田速人とハフムシは、ドアの外へ姿を消していた。一瞬の出来事だった。

松田は、非常階段へ向かった。ハフムシがぴたりとあとを走った。

ふたりは風のように階段を下った。常人のスピードではなかった。

警官が、ふたりを追い、非常階段のところで、小銃を発砲した。

闇のなかで跳弾が火花を上げた。

松田速人は心のなかでつぶやいていた。

「警官ごときにつかまるものか」

彼の顔には怒りのこもった、不気味な笑いが広がっていった。

「荒服部の王よ、待っておれ。必ずその命を、この松田速人がもらいうけてやる」

「あんたが来てくれるとは思わなかったよ」

松永は、マンションのまえで、陣内に言った。

「私が、そんな恩知らずの人間に見えますか？」

「驚いたな。そう見えないとでも思っているのか？」

「今からあなたを逮捕することだってできるんですよ」

松永は、おかしそうに笑った。

松田春菜は腰に毛布を巻いていた。顔はショックのために蒼(あお)ざめて見えたが、松永が笑いかけると、ほほえみを返してきた。

マンションの玄関から、手錠をかけられた片瀬が現れた。

陣内はすぐさま駆けて行き、片瀬の身分を保証した。

手錠は即座にはずされた。

陣内と片瀬が松永のところにやってきた。

片瀬が尋ねた。

「水島さんは？」

陣内がこたえた。

「私どもで保護しました。じきにここへやって来るように手配してあります」

「松田速人とその右腕らしい若者が逃走しました」

片瀬は陣内に言った。

陣内はうなずいた。

「しかし、まあ、これでゲリラ事件の一応の解決と見ていいでしょう。総勢十二名のうち十名を逮捕できたのですからね。私は、さっそく室長に連絡してくるとしましょう」

陣内が去って行った。

その同じ方向から、水島静香が駆けて来るのが見えた。彼女は、宝剣をしっかりとかかえていた。

片瀬はようやく表情をなごませた。

松田速人とハフムシは見事に姿をくらましてしまった。

シノビの技術を駆使して逃走するふたりを、ついに警察は発見することはできなかった。

21

「約束の時間だな」

首相が言った。

この一時間半、ふたりはほとんど会話を交(かわ)さなかった。

下条は、この瞬間がくるのをおそれていた。

彼は、言葉もなくうなずいた。

大儀(たいぎ)そうに首相は、ソファから立ち上がった。ひどくゆっくりとした動作だった。

首相は、大机の電話に向かった。

彼が手を伸ばそうとしたとき、下条が言った。

「われわれ文官にとって、きわめて不名誉な記録が政治史に刻まれることになります」

首相は、振り返って無言で下条を見つめた。

下条は、眼をそらさずに見返した。

「世界的視野で見れば——」

首相は言った。「あらゆるテロ活動に対する合理的な防衛システムを整えることが急務なのだよ」

首相は、下条に背を向けた。

そのとき、電話のベルが鳴り響いた。

首相が受話器を取った。

「下条への連絡?」

彼は受話器に向かって言った。「いいから、私に言いなさい」

首相はあいづちも打たずに報告を聞いていた。

やがて彼は、目を閉じ、ゆっくりと吐息を洩らした。

下条の眼には、それは安堵の表情に見えた。

電話を切ると首相は言った。

「君の勝ちだ、下条」

「ゲリラがかたづいたのですね」

首相はうなずいた。

「総勢十二人のうち、十人を逮捕したそうだ」

下条は、全身から力が抜けていくのを感じた。すばらしい気分だった。

首相は言った。

「特別措置令は解除だ。ご苦労だったな。これで、自衛隊には、武器を携帯させる必要はなくなった。通常の災害救助のための出動をすみやかに承認することにする」

下条は、一礼して退座しようとした。

「下条……」

首相が呼び止めた。

「はい」

「私は正直のところ、ほっとしているのだ。もう少しで、君の言うとおり、明らかにやり過ぎるところだった。また、君に助けられたな」

「私の任務ですから」

「何か、してほしいことがあったら言ってくれ。今なら、君の希望を何でもかなえてやれる気分だ」

「ひとつだけ……」

下条は言った。「一日、ぐっすりと眠らせていただきたいと思います」

首相は笑った。

「私も同じ気分だよ」

松永のシルビアが水島邸に着いた。運転していたのは、松田春菜だった。松永は、膝をいためたため、クラッチをあやつれそうになかったからだ。

一同は、応接間に通された。

水島夕子は、心からの謝意を片瀬に述べた。

「静香くんは立派でした」

片瀬は言った。「少しも取り乱した様子がありませんでした」

「荒服部の王を信じていたからでしょう」

夕子は言った。「静香は、これからもそうして生きていくことを決意したのです。そうですね」

静香は素直にうなずいた。

「ほう……」

松永が意味ありげに笑った。「どういう意味なのかわかっているのか？　片瀬」

「え……」

「おかあさまが、あんたたちの仲を認めると言ってくださっているんだよ」

片瀬は曖昧(あいまい)に笑って下を向いた。

「こいつは、こういうことになると、てんでだらしがない。しばらくは、俺がついていなくちゃだめなようだな」

夕子が静香に言った。

「おとうさまが書斎にいらっしゃいます。お顔を見せてらっしゃい」

「はい」

静香は立ち上がって、松田春菜を見た。彼女は、裂けたスカートをしきりに気にしている。

静香は言った。

「私のものでよろしければ、着替えをお貸しします。いっしょにいらしてください」

「ありがとうございます。そうさせていただきます」

ふたりは部屋を出て行った。

松永がそのうしろ姿を眼で追っていた。

片瀬が笑った。

「何だ！　何がおかしい？」

「僕も、松永さんのおかげで、少しは勘が働くようになったようです」

「何のことだ」

「松永さん、松田春菜さんのことが、そうとうお気に入りのようですね」

「荒服部の王は、ますます手強くなったようだな」

「図星のようですね」

松永は苦笑するしかなかった。

「片瀬さん」

水島夕子は、真顔になって言った。「荒服部の戦いは、まだまだ続くのでしょうか？　宗十郎が生前申しておりました。『服部は、戦いのなかでしか生きられない血筋だ』と」

「正直なところ、僕にもわかりません。僕はできる限り戦うことを避けるつもりです。でもどうしても避けられない事態が起きることは充分に考えられます」

「静香も、その運命から逃れることはできないのですね」

「僕は、静香さんを何があろうと守り通します。それは、荒服部の義務でもあるのです」

「静香も、どうやら覚悟を決めた様子です。服部の血を引く者としては、もう何も申し上げることはございません」

片瀬はおだやかにうなずいた。

静香と春菜がもどってきた。

春菜は、水色のシャツブラウスと、上品なブルーのプリーツ・スカートで現れた。静香が着ると、膝のかなり下まで丈のあるスカートだったが、春菜には、かろうじて膝が隠れる長さだった。

水島太一はついに一度も顔を出さなかった。

失脚以来、あまり人と会おうとしないのだが、服部のこととなると、ことさらに関わり合いたくないようだった。

片瀬、松永、春菜の三人は水島邸をあとにした。

「うちで一杯やらないか。泊まっていくだろう?」

松永は片瀬に言った。「佐田の弔いのためにも付き合ってほしいんだ。あんたのほうも、ワタリの民同士の戦いに巻き込まれたんだ。あまりいい気分じゃないだろう」

片瀬はうなずいた。

「私もごいっしょさせていただいてかまわないでしょうか?」

春菜が言って松永を驚かせた。

「しけた酒宴になるかもしれないぜ」

「そういうときは、女性がいたほうがいいでしょう。それに、その足じゃまだ運転が……」

松永はうなずいた。

「そういうことなら、大歓迎だ」

三人は疲れ切っていたが、眠る気にならず、杯を重ね、朝を迎えた。

配達されたばかりの朝刊を開いて、松永が驚きの声を上げた。

「鳴神法務大臣が、脳卒中で死亡したそうだ」

片瀬と春菜が顔を見合わせた。ふたりとも驚いてはいなかった。ただ、ふたりは悲しげに眼を伏せた。

その様子を見て松永は言った。

「なるほど、松田啓元斎の大仕事というのはこういうことだったのか」

片瀬直人は、復学の手続きで大学へ行ったついでに、何日ぶりかで松永に会うことにした。

水島静香が同行していた。

彼らは、渋谷の公園通りにある喫茶店で待ち合わせをした。

ふたりが指定の喫茶店に入って行くと、松永が手を振った。

ふたりが注文を終えると、松永が言った。

「松田春菜だがな。総理府をやめたそうだ。正体を陣内たちに知られたからには、あそこにいるわけにはいかなくなったんだな」

「どうしてそれを……?」

片瀬が尋ねた。

「ちょっとね。陣内に電話してみたんだ」

「その後、彼女は?」

「さあ……」

「さあって……。松永さんらしくないですね。当然、彼女の住所や電話番号くらいは聞き出したんでしょう?」

静香が、よく光る大きな眼を向けて言った。

「まあね……」

片瀬と静香は、顔を見合わせた。

そのとき、松永が、出入口の方向に向かって手を振った。

片瀬と静香は、思わず振り返った。

松田春菜がほほえみながら歩いてくるのが見えた。

静香は、いたずらっぽい笑顔を松永に向けて言った。

「そういうこと?」

松永はうなずいた。

「そういうことさ。いつまでも、あんたたちに当てられっぱなしじゃな……。今夜は四人で食事でもしながら、将来について語り合おうじゃないか」

「何の将来ですか」

片瀬が眼に笑いを浮かべて尋ねた。

松永は真顔で答えた。

「そういうことは、おのおのが考えればいいんだ。それぞれの思惑でね」

松田春菜が、松永のとなりに軽やかに腰かけた。

渋谷の街は、数日まえの大地震が嘘のように、華やかに着飾った若者であふれていた。

今、僕たちは、その人々のなかに溶け込んでいる――ふと片瀬はそう思った。

彼は、胸の底にあたたかなものが湧き出してくるのをかすかに感じていた。

この安らぎが、ほんのひとときのものであっても、充分に価値がある――片瀬は、そう考えていた。

襲来(しゅうらい)　聖拳伝説(せいけんでんせつ)2　朝日文庫

2023年5月30日　第1刷発行

著　者　今野(こんの)　敏(びん)

発行者　宇都宮健太朗
発行所　朝日新聞出版
〒104-8011　東京都中央区築地5-3-2
電話　03-5541-8832(編集)
03-5540-7793(販売)

印刷製本　大日本印刷株式会社

Published in Japan by Asahi Shimbun Publications Inc.
定価はカバーに表示してあります

ISBN978-4-02-265101-3
落丁・乱丁の場合は弊社業務部(電話 03-5540-7800)へご連絡ください。
送料弊社負担にてお取り替えいたします。